LES

QUATRE SATIRES,

OU

LA FIN DU XVIIIme SIÉCLE.

J E place mon ouvrage sous la sauve-garde
des loix et de la probité des citoyens ; j'invo-
querai contre les contrefacteurs le décret de
la convention nationale, du 12 juillet 1793
an 2 , et regarderai comme contrefait tout
exemplaire qui ne serait pas signé de ma
main.

LES
QUATRE SATIRES,

OU

LA FIN DU XVIIIme SIÉCLE;

Par JOSEPH DESPAZE.

CINQUIÈME ÉDITION,

Revue, corrigée, et augmentée de beaucoup
de Notes.

A PARIS,

Chez MOLLER, Imprimeur, Palais-Egalité, galerie
du Théâtre de la République, vis-à-vis le Café
Saintard; et les Marchands de Nouveautés.

AN IX. — 1801.

A

BAOUR-LORMIAN.

JE voulais m'acquitter envers vous, mon ami; mais je ne m'acquitte pas en plaçant votre nom à la tête de *mes Satires*, comme vous avez placé le mien à la tête de votre *Ossian*. Votre *Ossian* est un ouvrage original qui manquait à notre littérature; il doit devenir pour elle une source féconde de richesses : et *mes Satires* n'ont d'autre mérite que leur but moral. N'importe , acceptez - en l'hommage. Il n'est pas de petit cadeau, lorsque c'est l'amitié qui offre et l'amitié qui reçoit.

AVANT-PROPOS.

LA satire eut, dans tous les tems, d'implacables détracteurs. Elle n'en a pas moins aujourd'hui : on va jusqu'à lui refuser toute consistance littéraire. Mais cette opinion peut-elle tenir contre un examen raisonné ? Je ne le crois pas.

S'il suffisait, pour faire de bonnes satires, d'être né misanthrope ou malin, et d'unir quelque esprit à quelque culture, les anciens en auraient été inondés ; nous en serions inondés nous-mêmes. Or, j'ouvre l'histoire de la Grèce, de la Grèce qui produisit de si grands talens dans tous les genres, et je n'y trouve pas un véritable satirique. Celle de Rome ne me présente qu'Horace et Juvénal ; car la supériorité de Lucille et de Perse fut mise en problême par une foule de commentateurs. Les Anglais ne possèdent que Pope. Nous ne lisons plus Régnier. Palissot ne peut pas être considéré comme un satirique, proprement dit, quoique sa Dunciade fourmille de traits ingénieux, piquans, et même caustiques. Boileau et Gilbert nous paraissent seuls avoir rempli toute leur tâche. Encore observe-t-on que le premier écrivait plus de la tête que du cœur ; qu'il manquait d'audace et de véhémence ; qu'enfin il n'éprouva jamais cette sainte indignation si nécessaire à quiconque se propose d'éclairer les hommes en les gourmandant. Le second, au contraire, avait reçu de la nature une ame intrépide et bouillante ; il savait s'irriter des crimes, sans s'occuper des dangers. Son talent est celui du genre ; mais il n'en fit pas toujours un judicieux emploi : plusieurs de ses coups portèrent à faux ; ils tombèrent sur des écrivains célèbres ; et sa gloire s'en est ressentie, parce que le propre de l'injustice est d'aliéner, à la longue, les bons esprits et les bons cœurs. Cet apperçu prouve, par le fait, que le poëme satirique n'est pas le plus aisé de tous. Je vais démontrer qu'il en est peu d'aussi difficiles.

Pour s'y livrer avec succès, il faut d'abord avoir vu les hommes en observateur, les avoir étudiés en philosophe : sans cela, on ne peint que des surfaces, on n'offre aux yeux que des machines dont les ressorts restent cachés. Il faut, en outre, réunir deux avantages d'autant plus rares, qu'ils semblent s'exclure mutuellement ; je veux dire la malignité de l'esprit et

la fougue de la passion. Son auteur, appelant
dans l'arène les travers qui excitent le rire,
et les forfaits qui révoltent, ne saurait combattre, avec les mêmes armes, des adversaires
si différens. Son fouet doit châtier les uns, et
sa massue accabler les autres. Les détracteurs
de la satire lui donnent un point de contact
avec l'ode : ils prétendent qu'elle néglige de
combiner ses moyens, ou, pour parler plus
clairement, qu'elle procède sans règle et sans
ordre. J'avoue que l'exemple d'Horace auto-
rise cette assertion. Mais Horace, toujours
admirable, n'est pas toujours satirique. Il
loue plus qu'il ne blâme; il cède nonchalam-
ment à l'originalité, à la versatilité de son humeur, et n'oublie pas qu'il écrit sous les yeux
d'Auguste. Juvénal, plus indépendant, plus
ferme dans ses principes, suit une marche
plus régulière. Chacun de ses ouvrages compose un tout, dont les parties sont, en général,
liées avec art. Nous n'y découvrons aujour-
d'hui quelques incohérences, que parce que
Loke et Condillac ont écrit, que parce que la
méthode analytique a fait, grace à eux, d'in-
contestables progrès. Boileau, d'ailleurs, Boileau, dont l'autorité est si décisive pour nous,
semble avoir pris à tâche d'anéantir l'opinion

que je réfute. Il se montre constamment aussi rigoureux logicien qu'élégant poète. Je ne connais aucun ouvrage en vers, plus sagement conçu, et plus régulièrement exécuté, que sa satire sur l'Homme.

J'ajouterai donc que le poëme dont il est question réclame impérieusement et l'harmonie d'ensemble, et la gradation d'intérêt. Privé de ces avantages, il ne saurait pas même émouvoir, et son but est de révolter. Ce n'est pas tout; il faut que son style puisse soutenir, jusques dans ses moindres détails, le plus rigoureux examen. La raison en est simple : quiconque censure appelle à son tour la sévérité. Enfin, l'auteur satirique restera au-dessous de sa tâche, s'il ne porte l'amour du bien jusqu'à l'enthousiasme, et la haine du mal jusqu'à l'horreur. Dans le drame, l'action électrise; elle entraîne le poète; elle l'aide, par son impulsion, à prendre la place du personnage. Le satirique, au contraire, ne fait jouer que ses propres ressorts. C'est toujours lui qui menace et tonne. Son rôle est perpétuellement celui d'un contemplateur; il ne peut suppléer au froid de sa position que par la chaleur de son ame ; et cette chaleur elle-même ne saurait trouver d'aliment que dans une profonde aversion pour tout ce qui ressemble au crime.

Comment, d'après cela, des littérateurs estimables ont-ils, dans ces derniers tems, parlé de la satire avec une sorte de dédain? C'est qu'ils l'ont confondue avec d'informes productions, composées de pièces de rapport, hérissées de jugemens faux, et plutôt destinées à satisfaire des passions particulières, qu'à servir l'intérêt public. J'avoue que de pareils ouvrages supposent très-peu de talent, et ne méritent aucune espèce de considération.

Quelques bons vers n'excusent ni les nombreux plagiats, ni les perpétuelles incohérences de Chénier, ni ses injures révolutionnaires contre des citoyens vertueux, ni sa lâche persécution envers le malheur. Campagne, Leclerc des Vosges et Nogaret ne méritent pas même un arrêt de réprobation. Baour-Lormian seul, de nos jours, écrivit la satire avec succès. Son style est pur, facile et brillant. *Ses Trois Mots* fourmillent de vers assez remarquables, pour qu'on en ait retenu plusieurs. Mais il ne s'est pas non plus assez mis en garde contre ses ressentimens personnels : il a traité, sans égard, des écrivains distingués. On regrette, d'ailleurs, que ses satires soient exclusivement littéraires, et, qu'ayant raillé tant d'auteurs, il n'ait pas flétri un seul méchant.

Quoi qu'il en soit, on nie aussi l'utilité de la satire. Cette opinion n'a son côté solide, que parce qu'elle peut se rendre en ces termes : *On ne corrige pas les hommes avec des écrits.* En la considérant comme rigoureusement juste, on contesterait à la comédie son avantage principal. En effet, si l'auteur comique sert la société lorsqu'il peint sous des traits burlesques un personnage ridicule, il est évident que l'auteur satirique produit quelque bien, lorsqu'il démasque à-la-fois plusieurs personnages affreux. Plus on réfléchit sur la nature de ses fonctions, plus on les trouve augustes, délicates et difficiles à remplir.

Convaincu de cette vérité, je ne livre mes essais au public qu'avec une extrême défiance. Quoique je les aie écrits après dix années de subversion, c'est-à-dire, dans des circonstances malheureusement trop propices : quoique j'y aie consacré un long travail, j'y apperçois encore beaucoup de taches : le lecteur en découvrira d'autres. Mais j'espère qu'il rendra justice à l'impartialité de mes jugemens, et qu'il reconnaîtra, même dans le mal que je dis d'eux, un sincère ami des hommes.

LES ARTS.

PREMIÈRE SATIRE.

L'AMOUR des nouveautés, la fausse indépendance
Ont hâté le moment de notre décadence :
Nous voulûmes, au bien substituant le mieux,
En savoir, en sagesse éclipser nos aïeux.
Hélas! quel fut le prix de cet orgueil extrême ?
Ami du beau, lisez, et prononcez vous-même.

A travers les débris qui jonchent nos remparts,
Pénétrez, avec moi, dans le cirque des arts.
Interrogeons d'abord la fière architecture :
Autrefois ses enfans, rivaux de la nature,
Aux succès immortels l'un par l'autre excités,
De magiques palais couronnaient nos cités.
Aujourd'hui ses ciseaux, à la gloire infidèles,
N'osent plus s'exercer que sur les vieux modèles;
Et, de leur déshonneur, adroits à se venger,
Gâtent les monumens qu'ils semblent corriger.

La sculpture, sa sœur, partage sa disgrace;
Elle perd à-la-fois sa noblesse et sa grace :
Ses attraits sont fanés, ses lauriers sont flétris.
Dans la place publique, aux yeux de tout Paris,

Elle éleva naguère un colosse sinistre,
Qui, d'un sanglant autel effroyable ministre,
Semble de noirs projets sans cesse s'occuper,
Ou tendre ses deux bras pour saisir et frapper;
Et, lorsque sous sa main, à son art étrangère,
Le bloc immense eut pris tous les traits de Mégère,
Sure d'avoir servi la patrie et les loix,
On l'entendit crier, d'une burlesque voix:
« Oui, c'est la Liberté, croyez-m'en sur ma parole,
» Prosternez-vous, passans, et fêtez votre idole ».
    L'art brillant des Zeuxis a moins dégénéré.
David, parfait comme eux et comme eux admiré,
Joint la méthode au goût et la vigueur aux graces.
Sous ses mâles pinceaux, Brutus, les trois Horaces,
Deux peuples belliqueux en espoir triomphans,
Les Sabines, leur deuil, leurs larmes, leurs enfans,
Tout renaît embelli pour attester sa gloire.
Des grands événemens, racontés par l'histoire,
Il nous rend à-la-fois possesseurs et témoins.
Cependant Ysabey se livre à d'autres soins:
Il vogue, mais sans lest, vers la race future.
Il renonce aux tableaux, soigne la miniature,
Pointille élégamment, fait passer, traits pour traits,
Tous nos petits minois dans ses petits portraits;
Au fond de son boudoir hume en paix la louange;
De bijoux et d'encens fait un heureux échange:
De reflets, de faux-jours compose son éclat,
Et veut que la peinture ait aussi son Dorat.
Boilly, dont le nom seul est de bizarre augure,
Sur le même dessin trace chaque figure,

Prête à chaque sujet le même coloris,
Peint Iris comme Eglé, peint Eglé comme Iris,
S'environne, par choix, de brillantes merveilles,
Ne voit que des yeux noirs et des bouches vermeilles.
Ses visages ont tous la fraicheur du matin;
Les robes qu'il décrit sont toutes de satin.
Il nuance si mal les couleurs qu'il rassemble,
D'objets enluminés il forme un tel ensemble,
Que certains connaisseurs, juges un peu plaisans,
Nomment son attelier *la cage des faisans.*
Par un contraire abus, Henri, plus gauche encore,
Craint toujours d'éblouir, et jamais ne colore.
« Laissez-là, dira-t-on, leurs essais malheureux ».
Eh ! comment éviter leurs rivaux si nombreux !
Dans ce vaste palais, dont, vingt fois la journée,
Je franchis, malgré moi, l'enceinte profanée,
Puis-je sur un seul mur fixer un seul regard,
Sans rencontrer Goulu, Turelure ou Tabard ?
« Soit, dira-t-on encor; mais un voile les couvre;
» Ne le soulevez pas. Allez, courez au Louvre ».
En effet, j'oubliais qu'un ordre d'Apollon
Vient d'ouvrir au public les portes du Salon.
M'y voilà. Dieu des arts! quel horrible mélange !
Quoi! l'on vénère ici l'ombre de Michel-Ange !
Et l'on y laisse entrer Laurent, Ledoux, Mîrvaut,
Petit, Lucas, Colas, Gensoul, Dubos, Ravault,
Absurdes écoliers, sans goût, sans élégance,
Débiles en talens, mais forts en arrogance,
Qui, pressés, entassés dans le même chemin,
Se disputent la palme, une croûte à la main!

Ravis de leurs talens, qu'aucun effort ne lasse,
A côté de Guérin ils osent prendre place !
Ils osent étaler, en cadres inégaux,
Plus de trois cents portraits et plus de cent tableaux !
Ils affichent leurs noms ! ils briguent des suffrages !
Ils n'auront pas le mien. Ce vaste amas d'ouvrages,
Ces chef-d'œuvres, si chers à leur orgueil hautain,
Me font presque d'Œdipe envier le destin.

 Repoussant les brocards échappés à ma verve,
Mars essaie, il est vrai, de consoler Minerve.
Il cite maint combat en sa faveur rendu :
Il cherche à lui prouver qu'elle n'a rien perdu.
Cependant ces trésors, que pleure l'Ausonie,
Conquêtes de la force et non pas du génie,
Trompent dans son espoir le vainqueur irrité,
Et n'attestent, hélas! que notre pauvreté.

 Non, des plus vifs regrets je ne peux me défendre.
Euterpe a donc aussi des larmes à répandre !
Ses rebelles sujets méconnaissent ses lois,
Le systre dans leurs mains remplace le haut-bois,
La mode, le faux goût ravagent son empire,
Et le feu créateur sur ses autels expire.
La voix, noble instrument accordé par les Dieux,
N'ose plus déployer ses tons mélodieux;
Elle imite, asservie aux bravos de la foule,
Ou l'animal qui jappe, ou l'oiseau qui roucoule;
Elle énerve ses chants, pour les rendre plaintifs,
Ou cherche la vigueur dans des sons convulsifs.
Tel, qui sait de sa voix faire un meilleur usage,
Croit devoir, par bon ton, enlaidir son visage.

L'ami qui le chérit, le valet qui le sert
Ne le reconnait plus, dès qu'il est au concert.
Son corps semble y brûler d'une fièvre subite ;
Ses yeux, en tourbillon, roulent dans leur orbite ;
Il démonte ses traits pour prouver son talent ;
On le prendrait de loin pour un diable hurlant.
N'importe, on applaudit ; sa tâche est bien remplie.
Peut-on mieux imiter les chanteurs d'Italie ?
Tel autre, que long-tems le public ignora,
Conçoit, un beau matin, un beau plan d'opéra :
Il s'accoste aussi-tôt d'une muse lyrique,
Sans comprendre ses vers, les traduit en musique,
Et rend avec tant d'art chaque mot, chaque son,
Que l'orchestre dit oui, quand la pièce dit non.
Celui-ci, pour un tort que le regret efface,
Dans la bouche d'Eglé fait tonner la menace.
Là, du compositeur le goût plus faux encor
Charge le flageolet de seconder le cor :
Ailleurs, ses froids calculs mêlent, par intervalles,
Aux accords les plus doux le fracas des timballes.
Tous veulent étonner, tous usent, avec fruit,
De leurs deux grands moyens, le pathos et le bruit.
Ils croiraient déroger à leur grandeur future,
S'ils daignaient quelquefois consulter la nature.
La nature, en effet, se trompe fort souvent ;
Elle fait peu de cas d'un ouvrage savant.
Le pâtre et ses chansons, le cœur et son langage,
Un air simple, un ton vrai, lui plaisent davantage.
 Notre scène long-tems offrit aux spectataurs
Un ensemble parfait de rôles et d'acteurs.

Melpomène y formait, auguste tributaire ;
Dumesnil pour Racine, et le Kain pour Voltaire :
Mais le Kain, Dumesnil, et Clairon et Brisard,
 Dansla tombe avec eux ont entraîné leur art.
Larive, que le sort combla de ses largesses,
N'a tenu qu'à moitié ses brillantes promesses.
Saint-Phal, correct et pur, mais sec, mais apprêté,
N'a pu de son organe adoucir l'âpreté.
Raucour fait expier le plaisir qu'elle donne,
Par les sons redondans d'une voix monotone.
Talma, plus vrai, plus sûr d'imprimer la terreur,
Quand il exhale en cris sa sauvage fureur,
Ne sait pas de ses tons varier la justesse ;
Il ne parle jamais, il déclame sans cesse.
Monvel, que le théâtre a possédé trop peu ;
Qui dans la vieille école avait formé son jeu,
Qui trente ans du public mérita le suffrage,
Voit ployer ses talens sous le fardeau de l'âge.
Que dis-je ? ces acteurs, par le sort traversés,
Languissent désunis, végètent dispersés :
Déplorables jouets d'une folle querelle,
Ils trahissent des arts la cause solemnelle ;
A nos regrets amers les uns indifférens
Parcourent nos climats en chevaliers errans :
Les autres, dans l'arène où flottent leurs bannières,
Chancellent, tout honteux de leurs auxiliaires.
Damas, à leurs côtés, redouble vainement
De zèle, de sanglots, de cris, d'emportement :
Lorsqu'il croit me charmer, je tremble qu'il n'expire.
Le bon Lacave est loin de l'auguste Zopire.

Baptiste a beau vanter ses aïeux, ses combats :
Certes, Agamemnon n'avait pas ses longs bras,
Et certain discoureur, dans certain paragraphe,
Ne l'avait pas doté du nom de télégraphe.
Vanhove, plus heureux, psalmodie à mon gré :
Quel succès l'attendait, s'il eût été curé !
Sa petite paroisse, au sermon réunie,
Eût souvent de Jésus partagé l'agonie.
Je tiens bon toutefois, soutenu par l'espoir,
Et certain que Naudet ne joûra pas ce soir :
L'affiche sur ce point rassure ma pensée ;
D'ailleurs, le moment fuit, la pièce est avancée.....
Juste ciel ! qu'ai-je fait ? Arrivent aussi-tôt
Et madame Suin et madame Turbot.
Ah ! mesdames... souffrez... pardon... je me retire :
Puisque vous êtes là, je n'ai plus rien à dire.
Seulement, l'œil humide et le cœur oppressé,
Au présent, malgré moi, comparant le passé,
Je vais plaindre à l'écart ces nobles personnages,
Dont le nom flotte encor sur l'Océan des âges,
Ces héros, par l'histoire avec orgueil cités,
Que Racine et Voltaire avaient ressuscités,
Je vais, toujours épris de leurs beautés antiques,
Relire, en soupirant, nos poètes tragiques,
Et, plein de leurs revers plus que de vos succès,
Pleurer sur les débris du Théâtre-Français.
Thalie oppose en vain à mes regrets funèbres
L'assemblage parfait de ces acteurs célèbres,
Que l'Europe à nos murs envie avec raison.
Molé, Contat, Fleury, Grandmesnil, Dugazon,

Désarment ma censure et forcent mon suffrage.
Mais de la vieille école ils sont aussi l'ouvrage.
A la scène bientôt le sort les ravira ;
Nous en gémirons tous. Qui les remplacera ?
Leur art deviendra-t-il le magique partage
De ces enfans, ravis à leur humble village,
Et qui, grace à Doyen, bercés d'un fol espoir,
Dans l'un de nos faubourgs s'agitent chaque soir ?
Ridicules marmots, dont les langues ineptes
Semblent du rudiment bégayer les préceptes ;
Vrais écoliers offerts aux ris des spectateurs,
Et dignes, en tout point, de leurs instituteurs.

Les talens, qu'au tombeau le destin fait descendre,
Pouvaient, nouveaux Phénix, renaître de leur cendre.
Nous voyons, sans effroi, leur éclat se flétrir;
Nous ne produisons rien, et laissons tout périr.
Tandis que Cuvellier, par ses tours de génie,
Attire à la Cité la bonne compagnie,
Et, pour mieux écraser les théâtres rivaux,
Dans son auguste troupe engage des chevaux ;
Pendant que Robertson, en soufflant sa lanterne,
Fait couler le Pactole au sein de sa Caverne,
L'Opéra, sans honneur, sans soutien, sans secours,
Ose à peine au public s'ouvrir tous les deux jours,
Et bien souvent encor n'est qu'une solitude
Où Vestris effrayé danse par habitude.

C'en est fait. Ces beaux arts, aimables enchanteurs,
Et de l'homme, ici-bas, célestes bienfaiteurs,
N'offrent plus aux tributs de la foule empressée
Que les restes épars de leur grandeur passée,

Mais aussi l'art fatal, qui préside aux combats,
Qui dirige le bronze, instrument du trépas,
Qui surpasse en excès les discordes civiles,
Qui dévaste les champs, qui dépeuple les villes,
Jamais ne couronna tant d'illustres guerriers;
Jamais de tant de sang n'arrosa ses lauriers.

FIN DE LA PREMIÈRE SATIRE.

NOTES
de la première Satire.

L'amour des nouveautés, la fausse indépendance.

JE n'ai pas écrit pour les passions ; mais j'ai dû dire que nos maux avaient eu pour cause la désorganisation sociale. Les sages de 89 voulaient étayer, et non détruire.

Interrogeons d'abord la fière architecture.

Elle a peu de chose à répondre ; ses travaux sont nuls depuis long-tems ; elle n'élève aucun édifice nouveau, et dépouille les anciens des écussons, des armoiries, des trophées qui les décoraient. Son zèle est même allé plus loin à l'égard du *Palais-Bourbon* : elle a voulu le refaire. Aussi...... Mais respectons ce palais...... les Cinq-Cents y ont siégé.

La sculpture, sa sœur, partage sa disgrace.

On a réclamé contre ce vers. On a dit que nous avions encore des sculpteurs habiles ; j'en étais convenu d'avance. Que pouvait-on exiger de plus ? Lorsqu'il s'agit de sculpture, un auteur satirique ne s'enfonce pas dans les atteliers ; il parcourt les places publiques ; il y cherche des chef-d'œuvres ; et, quand cet espoir est par-tout trompé, quand il apperçoit un colosse hideux assis sur les débris de vingt statues admirables, il s'écrie que l'art est perdu. Voilà ce que j'ai fait. Pajou même n'a pas le droit de s'en plaindre.

Sans rencontrer Goulu, Turelure ou Tabard.

Artistes dont les essais encadrés tapissent les galeries de pierres du Palais-Egalité.

Cependant Izabey se livre à d'autres soins.

Les amis de ce jeune et célèbre artiste se sont préoccupés en lisant les vers qui le concernent dans ma première Satire. Ils ont cru que je lui contestais un talent supérieur ; ils ont eu tort. Ce n'est pas lui, c'est son genre que j'ai attaqué dans sa personne. Or, cette attaque n'a rien que de juste, et de raisonnable sur-tout. Les artistes sont comme les écrivains : la prééminence appartient de droit à ceux qui instruisent les hommes et concourent à les rendre meilleurs. Telle est la tâche que se proposent les peintres d'histoire ; ils élèvent l'ame en perpétuant le souvenir des grandes actions ; ils font chérir la vertu en reproduisant le crime dans sa hideuse difformité. Les peintres en miniature, au contraire, ne cherchent que l'agrément : quand ils ont plu, leur but est atteint. Il serait aussi ridicule d'accorder aux travaux des uns et des autres la même portion d'estime, que de comparer, par exemple, *l'Esprit des Loix* à *M. Guillaume*, qui est un vaudeville excellent. Ceci convenu, les amis d'Izabey et moi sommes d'accord sur le reste. Je le regarde comme le peintre le plus fort dans le genre le plus futile.

Et l'on y laisse entrer Lanrent, Ledoux, Mirvaut, Petit, Lucas, Colas, Gensoul, Dubos, Ravault.

Ces artistes auraient dû travailler encore quelques années

sans réclamer pour leurs ouvrages l'honneur de l'exposition :
ils ne l'auraient pas obtenu autrefois. Le jury des arts est
beaucoup trop indulgent; on dirait qu'il s'assimile aux jurys
judiciaires, et qu'il croit avoir le droit d'acquitter aussi sur
l'intention. Du reste, mon vœu le plus cher étant d'être
juste envers tout le monde, j'observe que Laurent ne devait
peut-être pas s'attendre à figurer dans ma nomenclature.
Il ne manque pas d'un certain mérite, il a obtenu quelques
succès, et j'en conviens avec plaisir. Puissé-je un jour en
dire autant de Gensoul lui-même !

A côté de Guérin ils osent prendre place.

J'aurais pu dire également à côté de Gérard ; car Gérard, élève de David, s'en montre le digne rival. Un jeune
auteur du Vaudeville vient de lui adresser le quatrain sui-
vant, qui mérite d'être connu :

> Deux fois la main du Dieu qui commande au hasard
>   Créa, pour un grand peintre, un illustre modèle ;
>   Et Moreau naquit pour Gérard,
>   Comme Alexandre pour Apelle.

Euterpe a donc aussi des larmes à répandre !

La musique est, depuis quelque tems, comme ces jardins
qui, ne pouvant plus compter sur l'attrait de leurs productions, attirent les spectateurs par l'éclat des *quinquets* et le
bruit des feux d'artifice.

Peut-on mieux imiter les chanteurs d'Italie ?

Passe encore pour l'imitation du chant ; mais celle des
grimaces !

Baptiste a beau vanter ses aïeux, ses combats.

En déclarant que le physique de cet acteur manque absolument de noblesse et l'empêche de jouer avec avantage dans la tragédie, j'ai dit tout ce que je voulais dire. Mon opinion sur son compte est d'ailleurs celle de tout le monde: Il faudrait être son ennemi personnel pour lui refuser une grande pureté de diction et une haute intelligence ; il faudrait être insensé pour le ranger dans la classe des mauvais comédiens, lorsqu'on l'a entendu dans le Glorieux.

Molé, Contat, Fleury, Grandmesnil, Dugazon.

Pourquoi, me disait un habitué du Théâtre-Français, pourquoi n'avez-vous pas parlé de Dazincour, de Larochelle, de mademoiselle Devienne, de madame Petit ? — Eh! mon cher, pensez-vous donc qu'il soit facile d'accoupler autant de noms-propres ? Comptez-vous pour rien les difficultés de la césure et de la rime? Ce qui serait impardonnable en prose devient très-excusable en vers. D'ailleurs, lorsque mon équité se tait, elle compte sur la vôtre.

Et qui, grace à Doyen, bercés d'un fol espoir.

Ce pauvre Doyen avait les meilleures intentions. Il voulait faire de bons acteurs, il y comptait; mais les rêves les plus doux sont ceux qui se réalisent le moins.

FIN DES NOTES DE LA PREMIÈRE SATIRE.

LES LETTRES.

SECONDE SATIRE.

Qu e je vous plains, lecteur ! Peu prévoyant, peu sage,
Vous tentez, avec moi, les hasards d'un voyage,
Et le sort ne présente à vos yeux attristés,
Que des hameaux déserts, et des champs dévastés.
  Quiconque a retenu quelque vieux paragraphe ;
Quiconque s'est soumis aux loix de l'ortographe,
Commis ou financier, guerrier ou sénateur,
Se décore aujourd'hui du beau titre d'auteur.
La sottise et l'orgueil, l'une à l'autre fidelles,
Entassent, à l'envi, d'homicides libelles,
D'effroyables romans, où le génie anglais
Se plut à reculer la borne des forfaits,
Et d'éternels discours, chef-d'œuvres de délire ;
Qu'on entend, malgré soi, mais qu'on n'ose pas lire.
Introduit récemment dans le temple des lois,
Briot, Briot lui seul, en fait trente par mois :
Destrem, digne rival de ses succès immenses,
Harangue sur la guerre, écrit sur les finances,
Au peuple, aux tribunaux, prétend ouvrir les yeux ;
Dénonce ces voleurs, qui font tant d'envieux !

Boulay, d'un froid extrait occupe la chronique;
Il vient d'analyser l'histoire britannique,
D'exhumer les partis dont le fer meurtrier,
Par ses sanglans excès, vengea Charles premier.
Pour prix de ses efforts, il supplie, il conjure
Nos propres factions de lire sa brochure ;
Il prouve longuement que leur fureur a tort ;
Et, pour nous désarmer, sa vertu nous endort.
Moins aimable autrefois, il voulut, par civisme,
A cent mille Français appliquer l'ostracisme.
Garat, toujours rempli de frayeur et d'espoir,
A toujours le secret de dire blanc et noir :
S'exprimer franchement lui semble par trop bête :
En sauvant son pays, il veut sauver sa tête.
Porte-t-il à Louis l'arrêt de son trépas ?
Il admire, en secret, et ne s'en défend pas,
D'une part l'équité, de l'autre la constance;
Il pleure la victime, et bénit la sentence.
Charles Hesse succéde à Clootz-Anacharsis,
Du fond de son grenier, sur son grabat assis,
Il insurge, en espoir, Berlin, Madrid et Rome;
Aux esclaves de Paul il lit les droits de l'homme,
Visite les Lapons; et, dans son noble essor,
Plante sur leurs traineaux l'étendard tricolor.
En tête d'un bouquin, qui n'est pas même impie,
Daubermenil écrit : Théophilantropie.
Maréchal, qui sourit de ses transactions,
Avec cet être vain, effroi des nations,
Jusqu'en ses fondemens ébranle la morale ;
De l'athéisme impur affiche le scandale,

Et, le voyant déjà prospérer en tout lieu,
Rédige un réglement *pour les hommes sans Dieu.*
Sades crie aux mortels : « Une lâche faiblesse
Empoisonne les jours que le hasard vous laisse.
Soyez heureux. Suivez vos rapides transports :
Tarissez dans vos cœurs la source des remords.
Si votre sœur vous plaît, comptez pour rien le reste :
Savourez, sans effroi, les douceurs de l'inceste;
Si votre ami traverse ou blâme vos desseins,
Désignez-le, dans l'ombre, aux poignards assassins;
Si l'or peut vous donner un destin plus prospère,
Pour hériter plutôt, massacrez votre père.
La nature est un mot, les vertus sont un jeu :
Servez-vous du poison, et du fer et du feu.
Le ciel même, ce ciel pour qui l'on nous opprime,
Chargea nos passions de nous pousser au crime.
Est-ce à moi de braver son pouvoir absolu ?
Si je suis criminel, c'est lui qui l'a voulu ».
Tel est, de point en point, son infâme docrine.
L'ami de la morale, en parcourant *Justine*,
Noir roman que l'enfer semble avoir publié,
Se trouble; et, malgré lui, se demande effrayé :
Comment le monstre affreux, auteur de ces peintures,
N'a-t-il pas expiré dans l'horreur des tortures ?

Voilà nos écrivains : les uns, vils et méchans,
Egarent les esprits, dérèglent les penchans,
Façonnent aux excès les cœurs les plus novices ;
Excusent tous les goûts, caressent tous les vices;
Par la chûte des mœurs hâtent celle des lois,
Et tressaillent ravis de leurs doubles exploits.

Les autres, usurpant un pouvoir despotique,
Dans ses vœux les plus chers trompent la politique.
On dirait, à leur ton impérieux, hautain,
Qu'ils ont pour tous nos maux un remède certain.
Mais leurs plans décisifs, leurs maximes célèbres,
Vus de près, ne sont plus que d'épaisses ténèbres,
Qu'un immense cahos où la raison se perd.
Dans l'art de nuire, au moins, chacun d'eux est expert :
Des folles passions, coupables tributaires,
Ils ont tant proclamé de maximes contraires,
Ils ont tant abusé de leur fatal pouvoir,
Qu'ils ont presque réduit le sage au désespoir.
Combien de citoyens vertueux, magnanimes,
Jouets de leurs erreurs, périrent leurs victimes !
Nous leur devons ces chocs, à grand bruit répétés,
Devenus si fameux par nos calamités.
Sans eux, sans leurs conseils, sans leur zèle funeste,
Vous jouiriez encor de la clarté céleste,
Casaniers malheureux, en bataillons formés,
Qui, dépourvus de chefs, sans ordre et mal armés,
Osâtes assaillir, folement irascibles,
De vieilles légions jusqu'alors invincibles.
Magistrats, que l'exil livre aux soucis amers,
Vous n'auriez pas, sans eux, franchi les vastes mers,
Vous n'auriez pas quitté cette terre chérie,
Que cultive, en tout tems, la main de l'industrie,
Ces cités, dont le luxe enrichit nos hameaux,
Ce beau ciel, dont l'éclat entoura vos berceaux :
Vous n'auriez pas appris, sur de lointains rivages,
Que les chasseurs errans, que les hordes sauvages,

Surpassent, par des soins au malheur adressés,
Ces peuples orgueilleux que l'on dit policés.
En menaçant de loin tous les rois de la terre,
Ils ont éternisé les fureurs de la guerre;
Ils ont à nos héros préparé des regrets,
Et converti, pour eux, les laurieres en cyprès.
Nous leur devons l'horreur de l'état où nous sommes;
Chacun de leurs pamphlets nous coûte dix mille hommes.
   Venez, consolez-moi, pacifiques rimeurs,
Vous qui ne combattez ni les loix, ni les mœurs,
Et dont la gloire seule est le brillant partage.
Ces écrivains sur vous ont bien quelque avantage :
S'ils dédaignent le goût et la grâce, sa sœur,
Ils prétendent, du moins, au titre de penseur :
Ils prennent quelquefois la logique pour guide;
Leurs erreurs, elles-même, ont leur côté solide.
Enfin, disons le mot, sans vouloir les prôner,
Bien ou mal, juste ou faux, ils savent raisonner.
Il faut quelque talent pour écrire la prose,
On se condamne alors à dire quelque chose.
Mais les vers, ah! les vers n'exigent pas autant :
Lorsqu'ils sont bien tournés, le lecteur est content.
   Poursuivez donc le cours de votre destinée.
Quittez de Despréaux l'école surannée;
La raison eut, pour lui, de trop puissans appas;
La science des mots ne lui suffisait pas.
Emules écoliers d'un maître plus facile,
D'images, de tableaux, surchargez votre style;
Peignez; des froids penseurs affrontez les dédains;
La palette illustra le père des Jardins.

Dans ses vers, il est vrai, quelque utile précepte
Transforme, à chaque instant, le lecteur en adepte.
Il enchante, de l'art mariant les secrets,
L'esprit par ses leçons, les yeux par ses portraits.
Pour vous, qui prisez peu ces contrastes bizarres,
Prodigues de couleurs, et de conseils avares,
Vous amusez les yeux aux dépens de l'esprit.
Vous ne croyez jamais avoir assez décrit.
La prairie émaillée et la forêt profonde,
Et la voûte du ciel, et la face de l'onde,
Les monts, les fleurs, les fruits, les volcans, les côteaux,
L'univers tout entier passe dans vos tableaux.
Honneur, trois fois honneur à ces tableaux sublimes,
Que votre adroite main encadre dans des rimes :
Il ne leur manque plus, pour ravir Apollon,
Que d'être, tous les ans, exposés au Salon.
Bravez aussi, bravez l'usage peu commode
D'assujétir vos plans aux loix de la méthode,
Usage destructeur du bon sens, du bon goût,
Et qui, de cent détails, ne compose qu'un tout.
Si vos livres rimés désarment la satire,
C'est qu'on peut, au hasard, les ouvrir et les lire ;
Sur la fin, dès l'abord, asseoir son jugement,
Et finir, si l'on veut, par le commencement.
Faites plus : dépouillez de sa gloire éphémère
Ce vieux code, affublé du titre de grammaire.
Le Pinde fut par lui trop long-tems gouverné ;
Il faut que ce tyran soit aussi détrôné.
De la langue, sur-tout, encouragez l'audace :
Parmi les novateurs méritez une place.

Naguère on les voyait, grace à leur bel emploi,
Nous payer, chaque jour, le tribut d'une loi :
Vous, chaque jour, épris de leur zèle exemplaire,
Enrichissez d'un mot notre vocabulaire.
Du latin et du grec taillez les vieux lambeaux ;
Pour revêtir vos vers, dépouillez nos journaux ;
Légitimez l'usage, assurez la fortune
De ce jargon éclos au sein de la tribune ;
Et, si par le sujet vous vous trouvez déçus,
Réduits à déroger jusqu'aux termes reçus,
Sachez mettre en défaut l'orgueil, vraiment étrauge,
Qui voudrait expliquer leur sublime mélange.
Enfin, si votre esprit, tout-à-coup moins fécond,
Refuse à votre plume et la forme et le fond,
N'allez point renoncer aux palmes de la gloire.
Le ciel vous départit le don de la mémoire.
Puisez à pleines mains dans ce vaste trésor ;
Copiez, copiez, et copiez encor.
Quoi ! certains favoris du Dieu de l'harmonie
Se serait arrogé le savoir, le génie,
L'esprit et la raison, la méthode et le goût !
Ils auraient tout conquis et conserveraient tout !
Il faudrait respecter jusqu'à leurs hémistiches !
Non, non ; les indigens ont des droits snr les riches :
Imposez, sans remords, ces heureux parvenus,
Et, sur leurs capitaux, fondez vos revenus.
Combien j'aime à vous voir, féconds en stratagêmes,
Ici voler les morts, là vous voler vous-mêmes !
Avec leurs propres traits combattre vos rivaux ;
Imprimer, tour-à-tour, dans mille recueils nouveaux,

Tel bon vers tout surpris de son destin prospère,
Mais qui ne sait, hélas! où retrouver son père;
Accueillir un auteur, timide, sans détours,
Qui vient de vos avis implorer le secours;
Lui donner fièrement ces avis redoutables,
Déclarer son sujet et son plan détestables;
Et bientôt, aussi prompt qu'un faiseur de roman,
Rétablir, mot pour mot, son sujet et son plan;
Tandis que la douleur le retient immobile,
D'un pas précipité courir au Vaudeville;
Et, pour comble d'adresse, à Barré satisfait,
Offrir, sous votre nom, l'ouvrage qu'il a fait.
Courage, mes amis. Ces innocentes ruses,
Quoi qu'en dise l'honneur, n'ont pas besoin d'excuses.
Ceux que vous dépouillez jusques sur leurs autels,
Ont eux-même usurpé l'hommage des mortels.

  Secondés par le calme et par la solitude,
Ils durent leurs succès aux secours de l'étude.
Les plus futiles soins leur semblaient importans:
Ils pâlissaient courbés sur le livre du Tems.
Ils sondaient, ils fouillaient les cœurs, vastes abimes;
Dépôt affreux d'erreurs, de vices et de crimes;
Ils osaient, emportés par un zèle indiscret,
Aux moindres passions arracher leur secret.
Leurs Muses, vers leur but avec effort guidées,
Déroulaient lentement le fil de leurs idées.
Ils marchaient pas à pas, avançaient en tremblant;
Chaque vers, chaque mot arrêtait leur talent;
Et, lorsque leur ouvrage allait enfin éclore,
Après deux ans de doute, ils balançaient encore;

Ils voyaient le public mécontent, irrité,
Précipiter leurs noms dans les flots du Léthé;
Les imperfections, les taches ignorées
A leurs yeux inquiets s'offraient exagérées;
Ils craignaient l'avenir, leur siècle, leurs rivaux,
Et condamnaient leur art à des efforts nouveaux.
Vous sentez mieux le prix d'une noble assurance :
Dans son rapide vol vous suivez l'espérance;
Les sujets, où votre œil découvre des beautés,
Sont à peine conçus qu'ils sont déjà traités.
L'obstacle excite en vous le dédain, le sourire;
Vous ne concevez pas qu'on puisse mal écrire.
La gloire vous soutient; son flambeau vous conduit;
Ses fantômes charmans peuplent votre réduit.
Votre œil émerveillé, qui de près la contemple,
Croit voir, sur leurs gonds d'or, les portes de son temple
Célébrer à grand bruit vos succès éclatans,
Et, pour vous recevoir, s'ouvrir à deux battans.
  Allons: puisqu'aujourd'hui le hasard nous rassemble,
Dans ce temple sacré nous entrerons ensemble.
Accourez, Dorvigni, Pigault, Duval, Delrieux,
Couples presque divins et vraiment curieux,
Dont les Muses, toujours et par-tout applaudies,
Ont fait, depuis quatre ans, quarante comédies.
Vous obtîntes comme eux les honneurs du *bravo*;
Vous nous suivrez aussi, respectable Dorvo.
Oui, je veux, sous vos traits, présenter à Thalie
Et le grave savoir, et l'austère folie.
Elle admirait de loin vos talens illustrés;
Jugez de ses transports dès que vous paraîtrez!

La même gloire attend, sous les mêmes portiques,
Vos rivaux en succès, vos frères les tragiques :
Ou plutôt dans le temple ils sont déjà rendus.
Ils entourent l'autel, s'agitent confondus ;
Et, par leurs manuscrits, jurent à Melpomène
Qu'ils ont, d'un tiers au moins, agrandi son domaine.
Du bruit de leurs clameurs le dôme est ébranlé.
L'impétueux Lanarc, Larnac échevelé,
L'œil hagard, le teint pâle, et debout sur un socle,
En accens convulsifs exhale Thémistocle.
D'Iray donne des pleurs au sort de Torquatus.
Campagne, ranimant ses esprits abattus,
Armé de son Caton, crie au Dieu de la lyre :
« On ne l'a pas joué, ne pourrai-je le lire ? »
« Lisez, répond le Dieu d'un air affable et doux :
» Votre Caton me plaît il est digne de vous ».
De ces soins superflus Petitot se dispense ;
Il connaît ses moyens, il sait ce qu'on en pense,
Et, content de son lot, se tait modestement.
Phébus charmé, ravi de ce beau dévoûment,
Par un tendre regard à ses côtés l'attire ;
Et, pour le dérober aux traits de la satire,
Sur le manteau d'azur dont sa main le dota,
Ecrit en lettres d'or : *Le père de Geta.*
Sous les yeux de Chénier, il parcourt, il admire
Henri huit, Jean Calas, et sur-tout Azémire ;
Il allait le presser lui-même sur son sein,
Lorsqu'un bruit imprévu traverse son dessein.
    Effrayée un moment, la tragique cohorte
Apperçoit Lemercier qui s'agite à la porte.

Elle accourt. « Quoi! c'est lui! l'auteur d'Agamemnon!...
« Non, il n'entrera pas; il n'entrera pas, non ».
Reporté sur le seuil par leur brusque incartade,
L'arrivant, qui d'abord hésite un peu maussade,
Bientôt rappelle à lui sa première fierté.
« Quel accueil! ah! messieurs, je l'ai bien mérité :
» Des morts, encor vivans dans ma bibliothèque,
» Thompson, Alfieri, Châteaubrun et Sénèque,
» Un bizarre destin, un funeste hasard,
» Me firent, il est vrai, quitter votre étendard.
» Mais si j'ai peint Cassandre, Agamemnon, Egiste,
» Jamais dans ses écarts un bon cœur ne persiste :
» Croyez à mes remords, soyez moins stupéfaits ;
» Je ne commettrai plus de semblables forfaits.
» Que l'avenir, messieurs, du passé vous console.
» Ophis vous est déjà garant de ma parole :
» Dans un camp où son bras pouvait tout enchaîner,
» Ce héros, bon humain, se laisse empoisonner.
» La lumière un moment à ses yeux est ravie.
» Il meurt. Pourquoi meurt-il? pour renaître à la vie.
» Il oppose à l'orage un front toujours serein,
» Retranche sa valeur dans un vieux souterrein,
» Jure de se venger, maudit sa catastrophe,
» Apperçoit une tombe, et devient philosophe.
» Moraliste, vrai sage, il s'arme cependant.
» Il revient, voit Tolus, ce coupable imprudent;
» Assassin de son père, auteur de son outrage :
» Sur ce monstre odieux il s'élance avec rage ;
» Dans sa terrible main déjà le glaive a lui,
» Et le glaive à sa main échappe malgré lui.

» Qu'importe ! ses vengeurs arrivent en tumulte;
» On arrête son frère, on l'enchaîne, on l'insulte :
» De sa part désormais rien n'est à redouter,
» Et sur le trône Ophis va sans doute monter.
» Point du tout. Mon Ophis de son cœur reste maître,
» Demande à ses soldats un asyle champêtre,
» Et préfère, rempli d'un vertueux effroi,
» Le doux nom de Pasteur au vain titre de Roi.
» Ce rôle est neuf, messieurs, ou mon orgueil s'abuse,
» Ou lui seul doit ici me tenir lieu d'excuse ».
Il dit : les assistans convaincus, pénétrés,
S'écrièrent en chœur : « Père d'Ophis, entrez ».
    Pendant qu'ils lui payaient un tribut de louang
Pendant qu'ils l'enrôlaient dans la sainte phalange,
Les enfans de Piis, non moins sûrs de leurs droits,
Arrivés deux à deux par des sentiers étroits,
Voyant à leurs desirs les portes refusées,
Dans le temple, en chantant, sautaient par les croisées.
Ils égayaient Momus de leur bruyant caquet,
D'un pied léger à peine effleuraient le parquet,
Persifflaient la raison, leur mortelle ennemie,
Raillaient du vieux Panard la froide bonhomie,
Rappelaient tous les traits à leur verve échappés,
Comptaient tous les pervers que leur plume a frappés,
Et présentaient au Dieu des célèbres collines,
Non des bouquets de fleurs, mais des touffes d'épines.
« Jamais, leur disait-on, votre esprit n'est à bout ;
» Vous n'avez rien appris et parlez bien de tout.
» Vous reçûtes du sort l'aimable privilége
» De briller au théâtre au sortir du collége.

« Hier on ignorait Ferrière, Guillemin,
» Année, Ourry, Ligier, Piexérecourt, Jersin ;
» Et leurs noms sur nos murs, à trois pieds des corniches,
» Rayonnent aujourdhui placardés en affiches ».
D'autres preux, cuirassés de recueils inégaux,
D'épîtres, de quatrins, d'odes, de madrigaux,
De poëmes traduits, de pièces érotiques,
De contes, d'impromptus, de fables, de distiques,
Soutenant de leur mieux leur immense attirail,
Descendaient à-la-fois par un grand soupirail.
    Dans le temple bientôt on se presse, on s'entasse.
Sur des milliers de fronts brille la même audace ;
On ne reconnait plus ni rang ni primauté ;
Chacun cite ses droits à l'immortalité ;
Chacun de son génie embrasse la querelle ;
Dix essaims réunis bourdonnent pêle-mêle.
Dezorgue, au milieu d'eux, crie à ses concurrens :
Mon intrépide vers fait trembler les tyrans ;
Rien ne résiste aux coups de ma Muse indomptée,
J'ai le cœur de Brutus et la voix de Tirtée.
Le fanatisme même, à mes pieds abattu,
Ainsi que mon courage, atteste ma vertu.
J'ai poursuivi long-tems ses apôtres funestes ;
La loi les immolait, et je foulais leurs restes.
Pour moi, dit Mazoyer avec plus de douceur,
Naguère à Thélusson je me fis professeur.
Un concours trop nombreux eût distrait ma mémoire ;
Je ne voulus, je n'eus qu'un petit auditoire.
Le prix de mes leçons en fut bien mieux senti :
De mes talens alors, par la gloire averti,

Sur un plus noble objet je fixai mon idée,
Je chaussai le cothurne en faveur de Médée :
Je suis penseur, poète, algébriste, érudit ;
Thévenot me conseille, et ma sœur m'applaudit.
Et moi, répond le Sur, piqué de leur harangue,
J'ai plus fait ; j'ai chanté les Gaulois dans leur langue.
Et moi, dit Fabien, je juge en prose, en vers,
Je juge tout Paris, je juge l'Univers ;
Mes jugemens iront à la race fnture ;
Je suis le vrai Dandin de la littérature.
Et moi, je fus un soir avec pompe accueilli
Dans le club d'immortels que préside Cailli....
Et moi... Ce mot bruyant, dont la douceur les touche,
Aussi prompt que l'éclair, vole de bouche en bouche.
De leurs nombreux débats Phébus un peu surpris,
Balance, et ne sait trop à qui donner le prix.
Ebloui des talens dont l'éclat l'environne,
Dans la main du Hasard il remet sa couronne ;
Le Hasard aussi-tôt la jette aux combattans.
Ceux-ci, d'orgueil, d'espoir, d'ivresse palpitans,
Saisissent le laurier, à ses rameaux s'attachent,
Le cèdent à regret, à l'envi se l'arrachent ;
Du cirque merveilleux, du magique séjour,
Trois fois, en un moment, lui font faire le tour ;
Brûlent de l'arrêter dans sa course volage,
Le poursuivent de l'œil, l'émondent au passage ;
Si bien que chacun d'eux, habile ravisseur,
D'une feuille à la fin se trouve possesseur.
Phébus charmé, sourit à ce partage auguste,
Et Thémis, en effet, n'eût pas été plus juste.

Si nos auteurs sont grands, leur destin est commun ;
Pour prononcer sur tous, il suffit d'en lire un ;
Même talent les sert, même Dieu les inspire;
La douce Egalité les tient sous son empire.
  Cependant, je quittais l'asyle renommé :
Entr'eux, comme le sort, je balançais charmé...
Mais un maudit fâcheux, que sottise m'envoie,
Par ce sombre discours vient modérer ma joie.
Qu'êtes-vous devenus, dit-il en soupirant,
Beaux jours où le Français, plus heureux et plus grand,
Et plus digne, en effet, de sa gloire infinie,
Sur le trône du monde élevait le génie :
Où Corneille, illustrant un art régénéré,
Et brillant d'un éclat jusqu'alors ignoré,
Imprimait à ses vers, enfans de Melpomène,
La simplicité grecque et la grandeur romaine ;
Où, guidé par l'amour, Racine allait, vainqueur,
A l'immortalité, par le chemin du cœur ;
Où Molière, à grands traits, peignait le misanthrope ;
Où Jean, le doux conteur, ressuscitait Esope;
Où Boileau, leur rival, loin d'en être jaloux,
Les aimait, les louait, et les éclairait tous ?
Qu'êtes-vous devenus, jours non moins mémorables,
Où l'art multipliait les monumens durables ;
Où Crébillon, rempli d'une sainte fureur,
Peignant les grands forfaits dans toute leur horreur,
Offrait à l'œil surpris, à l'ame déchirée,
L'exécrable festin de l'exécrable Atrée ;
Où Renard châtiait nos goûts et nos travers ;
Où le grand Montesquieu, flambeau de l'Univers,

Des codes et des tems perçait la nuit obscure ;
Où Buffon aux mortels expliquait la nature ;
Où tel peuple hésitait, incertain de ses droits,
Et conjurait Rousseau de lui donner des lois ;
Où de tel potentat l'orgueil héréditaire,
Tressaillait en lisant un billet de Voltaire ?

FIN DE LA SECONDE SATIRE.

NOTES
de la seconde Satire.

D'effroyables romans où le génie anglais
Se plut à reculer la borne des forfaits.

De toutes les *marchandises anglaises*, c'est celle qu'il importait le plus de prohiber.

Et d'éternels discours, chef-d'œuvres de délire.

Tels furent sur-tout ceux que les députés démagogues prononçaient dans le tems sur les successions, sur les impôts, sur les emprunts, sur les ôtages et sur les moyens de relever l'esprit public.

Briot, Briot lui seul en fait trente par mois.

Lorsqu'on voudra désormais désigner un harangueur bien bavard, un parleur bien impitoyable, il faudra dire : *c'est un Briot.*

Destrem, digne rival de ses succès immenses.

Il est du nombre des exilés.

Boulay, d'un froid extrait occupe la Chronique.

C'est Boulay qui fit, il y a trois ans, un trop célèbre rapport, dans lequel il demandait la déportation de tous les nobles. C'est encore lui qui, cette année, a demandé au sénat la déportation des cent trente jacobins.

Garat, toujours rempli de frayeur et d'espoir.

Garat manque essentiellement de caractère. Son grand art en politique est de ménager, comme on dit, *la chèvre et le choux.*

Charles Hesse succède à Clootz Anacharsis.

Il est aussi mis en surveillance au-delà des mers.

En tête d'un bouquin, qui n'est pas même impie,
Daubermenil écrit : Théophilantropie.

Daubermenil est un vieux fou d'une espèce toute particulière. Il rêva, un beau matin, qu'il pouvait remplacer le Pape et devenir chef d'une secte religieuse. En conséquence, il composa des discours moraux, il fit composer des hymnes décadaires, rédigea tout cela en un gros volume, et adressa ce volume à tous les théophilantropes. Sa secte n'a pas prospéré ; mais, en revanche, les prêtres de sa connaissance ont beaucoup souffert : il les a traités avec une intolérance plus barbare encore que stupide.

Maréchal, qui sourit de ses transactions.

Maréchal est aussi athée que Jacob Dupont, et c'est dommage. Il joint à un talent original une immense érudition. Son Voyage de Pythagore lui a fait le plus grand honneur dans l'Europe savante.

L'ami de la morale, en parcourant Justine.

Justine est le livre le plus affreux qui soit sorti de la main des hommes.

Ils ont tant abusé de leur fatal pouvoir,
Qu'ils ont presque réduit le sage au désespoir.

Ces vers ont été faits antérieurement au 18 brumaire,
c'est-à-dire, à une époque où tous les élémens politiques
étaient confondus, et où les bons Français ne savaient plus
à quelles idées se rattacher.

Nous leur devons ces chocs à grand bruit répétés.

Tous ceux qui ont suivi la révolution, savent que les
journées de deuil ont toutes été préparées par des feuilles,
par des pamphlets, par des placards assassins.

Ils ont à nos héros préparé des regrets.

Les Russes nous forçaient alors d'évacuer l'Italie, et me-
naçaient notre territoire.

Quittez de Despréaux l'école surannée.

La plupart des littérateurs prennent aujourd'hui Delille
pour modèle. Ils imitent ses formes, ses coupes, ses balan-
cemens, ses transitions ; ils s'efforcent d'être lui. Delille
pourtant ne sait pas, comme Boileau, se ployer à tous les
tons ; il ne connaît que le genre descriptif et didactique.
Boileau, au contraire, excelle également dans l'art de
peindre et de raisonner; il se montre par-tout logicien,
penseur et poète ; il passe sans cesse du style familier au
style noble ; il s'élève souvent jusqu'à celui de l'épopée;
en un mot, il n'est presque pas dé genre dont on ne puisse
prendre une juste idée dans ses ouvrages. D'où je conclus,
que si le premier est un versificateur excellent, le second
mérite seul, parmi nous, l'honneur d'être chef d'école.

Bravez aussi, bravez l'usage peu commode
D'assujétir vos plans aux loix de la méthode.

C'est encore parce qu'on a quitté l'école de Boileau que
nos ouvrages en vers sont, pour la plupart, si mal tissus.
Boileau trace ses plans avec une régularité admirable : son
lecteur, dès le départ, sent qu'un guide sûr le conduit, et
que chaque phrase, que chaque mot le rapproche du but
indiqué.

Vous ne croyez jamais avoir assez décrit.

Vainement m'opposerait-on que la poésie vit d'images.
Le grand-maître le savait aussi-bien qu'un autre, et n'en
raille pas moins ces peintres éternels qui veulent tout offrir
aux yeux.

> S'il rencontre un palais, il m'en dépeint la face ;
> Il me promène après de terrasse en terrasse.
> . . . .
> Je saute vingt feuillets pour en trouver la fin,
> Et je me sauve à peine au travers du jardin.
>
> ART POÉT.

Réduits à déroger jusqu'aux termes reçus.

Quand on attache à la forme plus d'importance qu'au
fond, quand on attend son succès, non de la vérité des
sentimens, de la justesse des apperçus, et de la force des
pensées, mais de l'arrangement des mots, on veut que cet
arrangement ait toujours quelque chose de neuf, de hardi,
d'extraordinaire ; et l'on multiplie les alliances mons-
trueuses, et l'on fait des vers bizarres, des vers absurdes,
des vers pareils à ceux-ci :

> Tel qu'un vaste incendie aux dévorantes ondes
> Brille immense.... et s'étend sur les plaines profondes.
>
> M.e TOYER.

Sa pensée accomplit les rêves de sa gloire.

. . . .

Sa tête, vaste olympe ouvert à tous les yeux.

LEMONIER.

Combien j'aime à vous voir, féconds en stratagèmes,
Ici voler les morts, là vous voler vous-mêmes.

L'insolence du plagiat ne fut jamais portée si loin que
de nos jours. Pour s'en convaincre, il faut lire chaque matin le *Courier des Spectacles*. Chaque matin on y trouve
des réclamations dans lesquelles nos gens-de-lettres se
disent galamment : « Vous m'avez volé tel vers, vous m'avez
» volé tel plan, vous m'avez volé tel sujet. » Les bosquets
du Pinde semblent s'être transformés en forêt de Bondy.

Accourez, Dorvigny, Pigault, Duval, Delrieux.

Satiriques de mauvaise humeur, dites après cela que
nous n'avons plus de Molière, plus de Destouche, plus de
Regnard.

Vous nous suivrez aussi, respectable Dorvo.

Dorvo a fait l'*Envieux* et les *Parens*. Voilà ses torts;
ils sont peu nombreux, mais impardonnables.

L'impétueux Larnac, Larnac échevelé.

Ce nouveau personnage arrivait de Nîmes, fort de ses
cinq actes, de ses poumons, et même de son accent. Il
lut sa tragédie dans tant de cercles et avec tant de fureur,
qu'il parvint à lui faire une véritable réputation. Déjà certains hommes-de-lettres l'annonçaient comme un phéno-
mène; mademoiselle Raucour assurait qu'elle irait aux nues.
Par malheur, la pièce fut jouée, le public bâilla, et le Ni-
mois disparut.

D'Iray donne des pleurs au sort de Torquatus.

Si nous n'avions que des tragédies de cette force, *Geneviève de Brabant* serait une pièce estimable, et *le Duc de Montmorency* un chef-d'œuvre.

Campagne, ranimant ses esprits abattus.

Après vingt années d'efforts inutiles, ce pauvre Campagne a obtenu l'honneur que je lui déniais. Il a eu enfin une pièce jouée, et voici comment : il a loué une salle de spectacle, il a loué des acteurs, il a loué un souffleur, il a loué un machiniste, il a loué... Quel dommage qu'il n'ait pas été plus riche ! il aurait loué le public.

Ecrit, en lettres d'or : *Le père de Geta.*

En fait de mauvaises tragédies, lorsqu'on a nommé *Geta*, tout est dit. L'épigramme ne peut plus rien.

Sous les yeux de Chénier il parcourt, il admire.

Chénier est pourtant auteur de Charles IX et de Fénélon. En prose il faut convenir de tout.

Apperçoit Lemercier qui s'agite à la porte.

Lemercier est jeune. S'il avait fait Agamemnon, il donnerait les plus hautes espérances. Mais il a pris tous ses beaux vers dans Sénèque, Thompson et Alfiery; de sorte que, pour juger son talent, on est contraint de dire : *Voyons ses propres ouvrages.* On trouve alors Méléagre, Clarisse, Lovelace, le Lévite, le Tartuffe révolutionnaire, la Prude, Ophis et Pinto, drames sans plans, sans intérêt, sans caractères et sans corrections. Quant à ses poëmes..... le public n'a pas voulu les lire, et je ne veux pas en parler. Aussi-bien il assure, dans sa dernière préface, que les satires ne tueront pas ses vers. Il a raison. Ses vers sont en même-tems sacrificateurs et victimes.

Dezorgue, au milieu d'eux, crie à ses concurrens.

Dezorgue est un petit bossu qui a de l'esprit, comme ils en ont tous, et qui même ne manque pas de verve. Malheureusement son goût est peu sûr et sa raison peu solide : il confond, dans tous ses ouvrages, le mouvement et le désordre, l'enthousiasme et l'extravagance, la philosophie et la persécution.

Je chaussai le cothurne en faveur de Médée.

Pauvre Médée! que Dieu lui pardonne. Si elle a commis des forfaits, elle en a été bien punie : on l'a mise six fois sur la scène, et comment! Mazoyer, pour sa part, en a fait un monstre tellement affreux, qu'on n'en peut pas soutenir la vue. Sa pièce a d'autres défauts ; elle finit au quatrième acte : c'est par réflexion qu'il a fait le cinquième. Le dialogue y est toujours froid, toujours lent, toujours lourd. Malgré cela, j'avoue qu'il m'a surpris ; je ne soupçonnai pas même qu'il pût obtenir un demi-succès.

Et moi, répond le Sur, piqué de leur harangue.

Le Sur a fait un gros poëme, intitulé *les Francs*, dont le moindre défaut est d'être mal écrit. Comme journaliste, au contraire, il mérite des éloges : il a inséré long-tems, dans une de nos feuilles, des articles pleins de sagesse et fort bien rédigés.

Et moi, dit Fabien, je juge en prose, en vers.

Fabien Pillet est auteur de ces innombrables brochures

où tous les écrivains du jour sont périodiquement loués et critiqués par lettres alphabétiques.

> Et moi, je fus un soir avec pompe accueilli
> Dans un club d'immortels que préside Cailli.

Les lycées sont des institutions augustes. Je ne veux pas parler contre elles : j'aurais l'air d'un enfant dénaturé.

FIN DES NOTES DE LA SECONDE SATIRE.

LES MŒURS.

TROISIÈME SATIRE.

Le siècle, qui versa des torrens de lumière,
A peine commençait sa brillante carrière,
Que déjà la Morale, en vêtement de deuil,
Descendait de son trône et marchait au cercueil.
Les Mœurs avaient perdu leur puissance céleste ;
Le Vice infectait tout de son souffle funeste ;
Mais nous gardions encor quelques dehors heureux.
Un masque séduisant cachait des traits affreux !
Notre adresse opposait aux passions grossières
La douceur du jargon, le poli des manières ;
Notre orgueil relevait l'indigent abattu ;
Et l'honneur, parmi nous, tenait lieu de vertu.

Les tems sont bien changés. Ce naturel affable
Qui jadis nous valut le nom de peuple aimable,
Ce folâtre enjoûment, doux trésor des heureux,
Font place aux noirs soucis, aux chagrins ténébreux.
Le charme disparaît. Les Grâces éplorées,
En essaim fugitif désertant nos contrées,
Vont fixer leur séjour dans un autre univers,
Pareilles aux oiseaux que chassent les hivers.

Las de se dérober aux regards de l'Europe,
Le Vice foule aux pieds sa magique enveloppe.
Au comble de ses vœux le voilà parvenu :
Il triomphe, ravi de se montrer à nu.
Des femmes, qui traînaient une existence obscure,
Des femmes, que le sort fit naître sous la bure,
Adoptent les grands airs, affrontent le grand jour,
Et forment dans Paris une insolente cour.
Il leur faut chaque soir une mode nouvelle,
Chaque soir la Rimbault les habille chez elle ;
Leroi, dans leur boudoir admis furtivement,
Met la dernière main à leur ajustement ;
Fargeon pétrit le fard dont leur teint se colore ;
Propice à leurs amours, c'est pour elles encore
Que l'illustre Foncier, à leurs époux fatal,
Ou tresse les cheveux, ou polit le métal.
Les feux du diamant rayonnent sur leurs têtes :
Elles sont, de plein droit, les reines de nos fêtes ;
Leur or change en tribut les merveilles des arts :
Toutes veulent fixer, éblouir les regards......
Et pas une ne songe à tant d'infortunées,
Que le hasard forma pour d'autres destinées,
Qui contemplent de loin cet éclat fastueux,
Et couvrent de lambeaux leurs charmes vertueux.
Défenseurs complaisans de leurs mœurs déréglées,
Voyez-les au théâtre en cercles étalées :
Leur maintien y trahit leur lubrique langueur ;
Leurs bras sont dévoilés dans toute leur longueur :
Leur sein, non moins rebelle aux loix de la décence,
Par ses battemens nus trouble l'adolescence ;

En onduleux replis, leurs voiles indiscrets,
De leur corps, avec art, dessinent les secrets,
Et livrent aux desirs leur beauté désarmée.
Sans les grains d'or mouvans dont leur tête est semée,
Le spectateur croirait qu'elles sortent du bain.
Soyons justes pourtant. L'aimable Saint-Aubin
Accupe aussi leurs yeux et distrait leur pensée.
Elleviou paraît : sa paupière est baissée ;
Il exhale en soupirs les plaintes d'un amant.
C'est un acteur parfait ! c'est un homme charmant !
La lorgnette aujourd'hui, plus galante qu'obscène,
Rapproche en sa faveur le balcon et la scène :
Demain notre héros, plus fêté, plus heureux,
Verra pleuvoir chez lui les cartels amoureux.

A ces débordemens, pourquoi mettre une digue !
L'innocence est un poids qui gêne, qui fatigue.
La plus belle moitié du pauvre genre-humain
Doit aller au bonheur sans choisir le chemin.
Vous le savez, Doris : telle est votre doctrine.
Non, ce n'est pas pour rien que vous lisez Justine.
Il vous fallait un nom qui ne fût pas flétri,
Et vous avez eu l'art de trouver un mari.
C'est beaucoup. La nature est une mère sage ;
En nous donnant un cœur, elle en permet l'usage.
Votre époux aux brocards a donc été livré :
Sous son toît, dans son lit, votre amant est entré.
Quand on a ces yeux bleus et cette tresse blonde,
On veut avec éclat figurer dans le monde.
Comment faire ? Plutus traverse votre sort :
Vous ne pouvez puiser dans aucun coffre-fort :

Votre époux pense bien, et compte comme il pense ;
Votre amant suffit mal à sa propre dépense :
Entr'eux de vos appas vous calculez le prix ;
Vos filets sont tendus : un *fournisseur* est pris.
Trois hommes à-la-fois !... Il faut bien s'y résoudre.
Infâme ! ne crains rien , la Mode va t'absoudre.
Elle sourit encore aux coupables beautés
Qui , d'un lien permis fuyant les voluptés,
Traitant l'amour de rêve et de folle imposture,
Dans ses plus saintes loix outragent la nature ,
D'un stratagême affreux empruntent le secours,
A leurs sens déréglés donnent un nouveau cours,
Transforment en hymen leur monstrueux veuvage,
Et sur leur propre sexe exercent leur ravage.
Pour être au ton du jour, il faut encor savoir,
A l'aide de l'intrigue, aborder le pouvoir ;
Surprendre la faveur des magistrats austères ;
Pénétrer tour-à-tour dans les sept ministères ;
Des commis inhumains fléchir le cœur altier ;
Par de petits cadeaux conquérir le portier ;
S'assurer en espoir des recettes futures ;
Epier le moment propice aux *fournitures* ;
Avec l'air du mystère affirmer cé qu'on dit :
Sans trahir son secret afficher son crédit ;
Le vendre effrontément aux *maisons* diffamées,
Qui , sous des noms d'emprunt , affament nos armées ;
Dans son boudoir enfin recevoir, chaque jour,
Plus de *soumissions* que de billets d'amour.
Alors on peut payer la moitié de ses dettes ,
Alors on peut avoir et laquais et soubrettes ;

Et, dans des chars pompeux, ébranler ces pavés
Que les pleurs et le sang ont tant de fois lavés.
Si la corruption n'était pas générale,
Si de rigides loix protégeaient la morale,
Les êtres dégradés, que je peins en tremblant,
De débauche et d'intrigue assemblage insolent,
Faisant avec le monde un utile divorce,
Iraient tous expier leur bonheur à la Force.
  Mais notre sexe au mal demeure indifférent,
Et se laisse lui-même emporter au torrent.
Que font ces jeunes fous entassés dans les villes
Où rugissent encor les discordes civiles ?
Pour eux, hélas! commence un opprobre éternel:
Soustraits par l'anarchie, au pouvoir paternel,
Livrés aux passions, sans retour, sans partage,
Ils dévorent déjà leur futur héritage.
Les noirs pressentimens agitent leur sommeil,
D'avides créanciers attendent leur réveil.
Leur or a disparu : leur désespoir l'atteste.
Les banques de Périn s'en disputent le reste.
Leur esprit, assiégé de regrets superflus,
Mêle les vains projets aux vœux irrésolus.
Bientôt livrés aux soins de ces filles vénales,
Qui trafiquent le soir de leurs faveurs bannales,
Comme elles du Perron habitant le quartier,
Ils vivent du produit de leur affreux métier.
Dans son ennui fatal, dans son désordre extrême,
Tel forme le projet de se vendre lui-même;
Nouvel Antinoüs, il part sans craindre rien.
Et, pour comble d'horreur, il trouve un Adrien.

Au sortir d'un tripot, son asyle ordinaire,
Celui-là suit de l'œil son paisible adversaire ;
Il l'aborde, assouvit son courroux assassin,
Et lui laisse, en fuyant, un poignard dans la sein ;
Celui-ci sème au loin la menace et l'outrage,
Prend la brutalité pour l'élan du courage,
Joue avec le duel, et, trahi par le sort,
Condamne un honnête homme à lui donner la mort.

   O jeunes insensés, dont l'âge a tant de charmes!
O déplorable espoir de la patrie en larmes !
Que je vous plains! Livrés à vos goûts nonchalans,
Vous n'avez ni vertus, ni savoir, ni talens :
Vos folles passions, et vos forces débiles,
Aux arts comme aux métiers vous rendent inhabiles
Promenant au hasard vos desirs incertains,
Vous ne songez pas même à fixer vos destins.
Pour vous l'art de jouir est le secret de vivre.
Vous ne sûtes jamais méditer un bon livre :
La gloire et ses lauriers, et ses fiers monumens,
N'ont jamais de vos cœurs hâté les battemens.
L'effronté calembour, l'absurde logogriphe,
Les romans infernaux de la noire Radcliffe,
Sont les seuls passe-tems de votre oisiveté;
La Mode vous immole à sa frivolité :
Elle a changé vos goûts, vos airs, votre langage :
Elle vous a ravi les grâces de votre âge.
Aux travers, aux excès, vos jours sont consacrés:
On n'ose pas prévoir ce que vous deviendrez.
Malheureux ! au devoir qui pourrait les contraindre?
Comment les arrêter? ils n'ont plus rien à craindre.

Les pères, dépouillés en esclaves conquis,
Dépossédés vivans des biens qu'ils ont acquis,
Perdent avec ces biens leur plus beau privilège :
Ils tonnent vainement contre un fils sacrilège;
Et vainement aussi, d'un fils respectueux,
Voudraient récompenser le zèle vertueux.
Placés entre un pervers, dont l'audace ennemie
Les abreuve de fiel, les couvre d'infamie,
Et les tendres égards d'un ami vigilant
Qui verse sur leurs maux un baume consolant,
Ils ne peuvent choisir. La Loi se croit plus sage;
Elle ose, sous leurs yeux, léguer leur héritage ;
Et dit aux deux rivaux, également surpris :
« Le juste et le méchant auront le même prix ».
   Encor si l'âge mûr, éclairant la jeunesse,
D'exemples protecteurs entourait sa faiblesse,
De la raison sur elle essayait le pouvoir,
Et du moins lui montrait la route du devoir !
Mais il ferme l'oreille à la voix des années :
Il corrompt, dans leur cours, ses propres destinées;
Il offre, à mes regrets, à mes vœux superflus,
Des excuses de moins et des vices de plus.
La fière ambition perd sur lui son empire.
Ce n'est plus aux honneurs que son audace aspire;
Son cœur, inaccessible aux nobles sentimens,
N'aime dans les emplois que les émolumens;
Il livre tout son être aux soins de sa fortune ;
Ses mille passions n'en composent plus qu'une.
D'estime et de lauriers beaucoup d'or lui tient lieu :
L'or est son but, sa loi, sa patrie et son Dieu.

L'airain sonne midi. Quel espoir, quelle attente
Fait courir tant de gens armés de leur patente ?
Quel dessein réunit dans le même palais
Ces marchands, ces goujats, ces banquiers, ces valets ;
Tumultueux rivaux, phalanges bigarrées,
Qu'aux brocards du passant l'infamie a livrées ?
Quoi ! cet abbé de cour, ce prélat souverain,
Qui croyait déroger en chantant au lutrin ;
Ce marquis, renommé dans toute la Bretagne ;
Ce duc, dont les aïeux servaient sous Charlemagne ;
Démentant tout-à-coup leurs trente-deux quartiers,
Se mêlent à leurs rangs et deviennent courtiers !
Qu'attendre, juste ciel ! d'une telle cohue ?
Elle vit aux dépens du public qui la hue.
Tout sert à ses calculs : louis, bons et mandats ;
Fermes, marchés, impôts, et rentes, et contrats.
Si l'Enfer au Perron pouvait un jour se rendre,
Elle l'achèterait, je crois, pour le revendre.
La misère publique est le prix de ses soins :
Elle ose spéculer sur nos premiers besoins ;
Du crédit expirant elle s'est emparée ;
Elle a, pour l'accabler, les mains de Briarée ;
Elle en fait, dans l'excès de son acharnement,
Une facile proie, un horrible aliment.
Ainsi, lorsque les flots, soulevés par l'orage,
Jettent un naufragé sur les joncs du rivage,
Les corbeaux et les ours, avertis à-la-fois,
Fondent du haut des airs, sortent du sein des bois,
Et bientôt, réunis par leur instinct avide,
S'arrachent les lambeaux du cadavre livide.

Chaque jour le mal croît. Ses barbares auteurs,
Sans égard, sans pitié, traitent leurs débiteurs ;
Pour aller à leur but prennent toutes les routes,
Et ne s'acquittent plus que par des banqueroutes.
Les livres, surchargés de leur gain scandaleux,
Deviennent tour-à-tour des billans frauduleux.
L'effroi, le désespoir qu'inspire leur audace,
Se communique au loin, vole de place en place,
De l'honnête industrie arrête les travaux,
Fait dans les coffres-forts rentrer les capitaux,
Trouble enfin et tarit ces sources si fécondes,
Où roulaient confondus les trésors des deux mondes.
De l'Usure à l'œil creux la hideuse laideur
Ne se montra jamais avec tant d'impudeur.
Chaque quartier, témoin de ses crimes prospères,
La voit, en lettres d'or, afficher ses repaires.
Indigens affamés, entendez-vous sa voix !
Venez tous : elle prête à cinq pour cent par mois.
Ses soins sont prévenans, mais ses commis sont sages.
On n'obtient leurs secours qu'en leur donnant des gages :
Et, lorsque l'emprunteur manque au jour indiqué,
Ses titres sont détruits, son gage est confisqué.
On prend pour la fléchir une peine inutile :
On a reçu cent francs, il faut en perdre mille.
L'Avarice applaudit, et passe, l'œil en feu,
De ses maisons de prêt dans ses maisons de jeu.
C'est là que l'attendaient ses nouvelles victimes ;
C'est là que leurs malheurs vont attester ses crimes.
Sur le tapis fatal l'or brille amoncelé :
A l'aspect de cet or le joueur s'est troublé.

Il sait que du Destin la barbare inconstance
Dispute à ses enfans leur débile existence;
De leurs pleurs sur leur sein il voit couler les flots;
De leur bouche affamée il entend les sanglots.....
Il cède aux noirs transports de son ame incertaine:
La crainte l'arrêtait, le désespoir l'entraîne;
Il s'avance, recule; et bientôt, à l'écart,
Il implore le ciel; il croit que le Hasard
Va mettre enfin un terme aux maux que son cœur souffre:
Mais son dernier écu s'abime dans le gouffre.
Tombez, murs odieux, par le crime souillés,
Où tant de malheureux, tour-à-tour dépouillés,
En lugubres accens exhalent le blasphême;
Vous devenez pour eux l'antre de Polyphême.
Si l'honnête habitant de nos tristes cité_
Sur vos toîts entr'ouverts voyait, de tous côtés,
S'élever, à grand bruit, la flamme vengeresse,
Il se défendrait mal d'une sainte allégresse.

L'avidité peut tout sur nos cœurs corrompus:
Par elle de l'hymen les liens sont rompus;
Une loi sans pudeur, des tribunaux sans force,
La laissent en calcul ériger le divorce.
Elle avait de ses coups atteint la pauvreté;
Il lui fallait encore immoler la beauté.
Elle crie au méchant: Embellis ta carrière;
Epouse, avec son or, cette jeune héritière;
Profane ses appas, dénature ses biens;
Relâche, brise alors d'inutiles liens.
Aux domaines nombreux, devenus ton partage,
Ajoute les profits d'un second mariage;

Habile séducteur, plus fortuné mortel,
Passe de lit en lit et d'autel en autel ;
Des sacrificateurs ose imiter la gloire ;
Que la fable des Dieux devienne ton histoire.
Elle dit. A sa voix, les époux égarés
Rétractent les sermens que leur bouche a jurés.
Ils s'offrent deux à deux aux regards de leurs juges ;
Cherchent dans leur humeur d'indignes subterfuges ;
Prouvent qu'à leurs devoirs leurs goûts sont opposés ;
S'accusent, sans rougir, de crimes supposés ;
En conviennent tout haut, signent leur infamie,
S'affranchissent du poids d'une chaîne ennemie ;
Et, malgré les plaisirs que leurs sens ont goûtés,
Se quittent l'un par l'autre à l'envi détestés.
Cette sainte union, en pacte convertie,
Qui, jusques dans le ciel, cherchait sa garantie,
Qui des folles erreurs prévenant le retour,
Que forma le besoin encor plus que l'amour ;
Qui devait, pour les cœurs soumis à sa puissance,
Alléger le chagrin, doubler la jouissance,
Et devenir, au gré de leur vœu solennel,
De peine et de plaisir un échange éternel,
Eprouvant de nos mœurs l'influence mortelle,
Commence avec l'année et finit avant elle.
Age de la raison ! nos regards détrompés,
Des plus affreux tableaux sont sans cesse frappés.
Ici je vois languir une femme éplorée,
Aux regrets, au besoin, à la honte livrée ;
Qui pleure ses destins par un lâche trahis,
Sa candeur outragée et ses biens envahis ;

Et qui, plus malheureuse à son heure dernière,
N'aura pas une main pour fermer sa paupière.
Plus loin , à mes égards inquiets et surpris,
Un peuple d'orphelins s'offre en poussant des cris.
Déjà leur existence au bonheur est ravie ;
Bientôt ils maudiront le bienfait de la vie ;
Déplorable jouet de la fatalité,
Misérable rebut de la société ,
Ils ne verront sur eux luire aucun jour prospère :
Ils n'auront pas de nom , ils n'auront pas de père,

Vous frémissez, lecteur. Mais, faussement humain,
N'allez pas arracher la palette à ma main.
L'ami de la vertu, dans les tems où nous sommes,
S'il souffre de leurs maux, doit opposer aux hommes
Les reproches sanglans, plus que les traits railleurs.
Il faut les diffamer pour les rendre meilleurs.

Je sais que la morale affermit les empires ;
J'ai décoré mes vers du titre de satires ,
Et je ne dirais pas : l'avide Ambition
Veut avoir dans un an acquis un million !
Les plaintes de l'Etat sont par elles étouffées,
Les dépouilles du fisc lui servent de trophées ;
Aux autels de Plutus le crime la conduit :
Quand elle a des impôts dévoré le produit,
Elle envoie à nos camps, que le besoin ravage ,
Du son pour aliment, du poison pour breuvage !
J'oublirais ces pervers, ces hardis scélérats
Que la France naguère avait pour magistrats,
Qui, façonnés au vol, leur vertu la plus chère,
Mettaient publiquement leur pouvoir à l'enchère !

Ce ministre, fléau des arts et des métiers,
Qui vit, sans s'émouvoir, la pâleur des rentiers,
Traita la foi jurée en songe ridicule,
De ses engagemens se joua sans scrupule;
Ignorant financier, intrigant érudit,
Fit, à son choix, hausser ou baisser le crédit ;
Et, prouvant sur un point sa science profonde,
Sut, pour mieux s'enrichir, appauvrir tout le monde!
Complice de la loi qui ne l'a pas atteint,
Du fou qui l'excusa, du lâche qui l'a craint,
Je laisserais en paix son émule, son maître,
Ce Schérer plus fripon, mais moins adroit peut-être,
Qui, troquant les marchés contre des monceaux d'or,
Les vendait, les cassait, et les vendait encor;
Vidait nos arsenaux pour payer sa dépense,
Etonnait les regards par sa magnificence ;
Et, du démon du jeu chaque soir possédé,
Mettait cent mille francs à la merci d'un dé !
Je n'éclairerais pas de mon flambeau funèbre
Cet infâme Abolin, devenu si célèbre,
Qui, sur une pupille étendant son pouvoir,
Remplit ses yeux éteints des pleurs du désespoir!
Je ne couvrirais pas d'une horreur vengeresse
Ces orateurs gagés, dont l'éloquente adresse
Soumettait, immolait, par des efforts constans,
Les intérêts du peuple aux calculs des traitans;
Qui, maudits, redoutés autant que la famine,
Faisaient, de la tribune, une féconde mine,
Où leur cupidité pénétrait chaque jour,
Et que leurs bras de fer exploitaient tour-à-tour!

Je pourrais de mon style adoucir l'amertume;
Aux vains ménagemens je forcerais ma plume;
Quand j'ai vu de l'Etat les riches créanciers
Fléchir dans les bureaux des commis usuriers
Dont la cupide audace, à son comble portée,
Partageait avec eux chaque somme comptée?
Quand j'ai vu des Français, enrôlés par les loix,
D'un jury protecteur solder la triple voix,
Marchander les périls dont la guerre est suivie,
Et réduits à l'affront de racheter leur vie !
Lorsque l'argent peut tout et commande au Destin!
Lorsque j'entends encor tel commis de Sottin,
D'une liste fatale heureux dépositaire,
Crier à tel proscrit, du foud du ministère :
« Tu voulus ressaisir ton nom et tes honneurs,
» Le sort a sur ta tête entassé les malheurs :
» Mars traverse les plans que ta haine projette;
» La France te maudit, l'étranger te rejette.
» Ton crime est à mes yeux bien vrai, bien attesté :
» Je n'apperçois en toi qu'un monstre détesté.
» Mais je suis tout-puissant. Redouble d'industrie;
» Compte-moi mille écus: je te rends ta patrie » !
Vous l'espériez en vain, tyrans-agioteurs,
D'un peuple généreux lâches persécuteurs.
Ma Muse qui, du crime implacable ennemie,
Sur le front de vos chefs attacha l'infamie,
N'éprouve qu'un regret. Son vertueux courroux
Eût voulu vous atteindre et vous accabler tous.

Que n'osâtes-vous pas au sein de nos murailles ?
Pour appaiser la faim qui brûlait vos entrailles,

Vous avez, dans dix ans à peine révolus,
De la France vingt fois mangé les revenus :
Les dons, et les emprunts, et les impôts sans nombre,
Ont suivi votre règne, ont passé comme une nombre.
Et lorsque vos larcins, en cent lieux répétés,
Vous eurent enrichis de nos calamités ;
Quand le peuple français, jadis si magnanime,
De vos déportemens déplorable victime,
Ne fut plus, aux regards du monde consterné,
Qu'un squelette effrayant, par vos mains décharné :
Votre avarice, au loin escortant nos bannières,
Promena ses excès par-delà nos frontières.
Etrangers aux combats, on vous vit sans efforts
De l'Italie en deuil conquérir les trésors ;
Donner à nos guerriers les plus affreux exemples,
Spolier, sous leurs yeux, les palais et les temples ;
Tandis que leur valeur, si fertile en exploits,
Arrachait la couronne et le sceptre à deux rois,
Assurer aux vaincus une prompte vengeance,
Soulever contre nous les pleurs de l'indigence,
Violer son asyle, et contraindre son bras
A châtier des vols par des assassinats.
Une autre nation, jusqu'alors oubliée,
La Suisse, notre antique et fidelle alliée,
En vain vous opposa ses sentiers périlleux,
Ses abimes profondes, ses rochers sourcilleux ;
La foi de ses traités pieusement gardée,
L'estime de l'Europe à ses mœurs accordée,
Et la mâle valeur, digne appui de ses droits,
Et son humble fortune, et ses augustes lois :

Ses loix, ses mœurs, ses rocs ne purent la défendre.
Les descendans de Tell apprirent à se rendre.
Votre audace, inflexible envers l'âge et le rang,
Pour ravir un peu d'or, versa des flots de sang.
Le glaive destructeur, à vos ordres docile,
Egorgea la vertu dans son dernier asyle ;
Des hameaux, qu'habitaient des pâtres fortunés,
Croulèrent sous la flamme en débris calcinés....
Monumens éternels qui, dans mille ans encore,
Rappelant des forfaits que l'univers abhorre,
Par la mousse couverts, sembleront dire aux yeux :
Rapinat autrefois a passé dans ces lieux.
  Les brigands, qui la nuit veillent en sentinelle,
Comparés avec vous, gagnent au parallèle.
Ils savent, en effet, rougir de leur destin :
Dans le fond des forêts ils cachent leur butin ;
Au défaut des remords, ils craignent les supplices,
Les soupçons du passant, l'effroi de leurs complices,
La trace de leurs pas. Mais vous, des nations
Vous bravez, en plein jour, les malédictions.
Vous étalez par-tout vos richesses profanes ;
Vous dotez à grands frais d'abjectes courtisannes.
Là, ravis de l'éclat dont brillent vos banquets,
Vous ralliez le public et ses bruyans caquets ;
Plus loin, du haut des chars où votre orgueil se joue,
Vous étouffez sa voix en le couvrant de boue.
Le luxe, les festins, les voluptés, les ris,
Ressuscitent pour vous l'impure Sybaris.
Cependant le besoin désole nos rivages ;
Un peuple d'indigens succombe à ses ravages ;

La pitié sur les cœurs a perdu son pouvoir ;
La douleur sans appui se change en désespoir ;
Le désespoir produit le sombre suïcide.
Du sort des malheureux un seul moment décide ;
Ne pouvant supporter le poids de leurs revers,
Accablés de misère et de lambeaux couverts,
Du Louvre à pas pressés ils traversent l'arcade.....
Le Pont-Neuf est pour eux le rocher de Leucade.
  De la corruption voilà le résultat.
L'homme, ennemi de l'homme autant que de l'Etat,
Livre à ses vils penchans son ame toute entière,
Et parvient sans remords au bout de sa carrière.
Jadis il frémissait de sa perversité ;
Il se croyait promis à l'immortalité ;
Il voyait, entouré d'effrayantes peintures,
Renaître le pervers au milieu des tortures ;
Et, redoutant pour lui le même châtiment,
Expiait ses noirceurs à son dernier moment.
Aujourd'hui son orgueil, son aveugle démence
De la Divinité nie en paix l'existence.
Quand il a, dans l'excès d'un désordre fatal,
Pris le mal pour le bien et le bien pour le mal,
Quand il a redoublé d'audace et d'imposture,
Trahi l'honneur, l'amour, l'amitié, la nature,
Et, coupable jouet de ses vœux insensés,
Commis tous les forfaits que ma plume a tracés,
Il quitte sans effroi sa dépouille mortelle ;
Il meurt, en défiant la justice éternelle.

FIN DE LA TROISIÈME SATIRE.

NOTES
de la troisième Satire.

Au comble de ses vœux le vice est parvenu :
Il triomphe ravi de se montrer à nu.

Cependant, nous sommes à la fin du dix-huitième siècle;
l'imprimerie, depuis cinquante ans, nous inonde de livres
moraux : la philosophie a fait d'immenses progrès ! O per-
fectibilité de l'espèce humaine ! ô madame de Staël !

Chaque soir la Rimbault les habille chez elle.

Madame Rimbault avait naguère organisé, rue Richelieu,
un club de petites-maîtresses, où l'on décrétait, la veille, les
modes du lendemain.

Leroi, dans leur boudoir admis furtivement.

Malgré madame Rimbault, malgré mademoiselle Minette,
Leroi jouit décidément de la première réputation. Nos élé-
gantes, par excellence, veulent toutes être habillées par lui;
c'est lui qui a fait la riche corbeille adressée à la reine d'Es-
pagne par le Gouvernement Français. On assure qu'il a
plus d'art, plus de goût que ses rivales, et je le crois : les
hommes savent mieux ce qui convient aux femmes que les
femmes elles-mêmes.

Que l'illustre Foncier, à leurs époux fatal.

Voulez-vous des bracelets, des tresses, des agraffes, des
chaînes, des têtes antiques ? adressez-vous à Foncier : il
n'est pas illustre pour rien.

5

C'est un acteur parfait ! c'est un homme charmant !

Je pense tout cela d'Elleviou. Mais, si j'étais femme, je ne le dirais pas si haut.

Infâme ! ne crains rien ; la Mode va t'absoudre.

Les femmes furent, de tout tems, infidelles à leurs époux : elles se donnaient autrefois ; elles se vendent aujourd'hui.

Transforment en hymen leur monstrueux veuvage,
Et sur leur propre sexe exercent leur ravage.

Le nombre de ces femmes horribles s'est accru d'une manière effrayante. Elles ne rougissent plus de leur dépravation : elles se montrent, deux à deux, dans nos promenades et dans nos spectacles ; elles s'y parent avec orgueil de leurs cadeaux réciproques, de leurs chiffres entrelacés. C'est sur-tout à elles que je songeais, lorsque j'ai parlé des maisons de force.

Plus de soumissions que de billets d'amour.

Les soumissions sont des requêtes ou placets dans lesquels on demande des marchés ; les marchés se nomment eux-mêmes *fournitures* ; on entend par *maisons*, les sociétés financières. Ces mots, étrangers au vocabulaire français, étant devenus techniques, j'ai cru devoir les conserver, parce que l'histoire des mots rend plus exacte l'histoire des faits.

Les êtres dégradés que je peins en tremblant,
De débauche et d'intrigue assemblage insolent.

Ces vers, et ceux qui les précèdent, ont excité de vives clameurs. On a cru que je généralisais. On a dit que je traitais mal les femmes.... Sans doute, comme je traite mal les hommes, lorsque j'attaque les fripons et les assassins.

Les pères, dépouillés en esclaves conquis.

La puissance paternelle est, dans les familles, ce que la puissance exécutive est dans les Etats. L'affaiblissement de l'une livre les enfans à tous les désordres, comme l'anéantissement de l'autre livre les citoyens à tous les excès. Faisons donc un pas rétrograde : rendons aux pères le droit de tester, ou la génération future sera plus perverse encore que la génération présente.

L'or est son but, sa loi, sa patrie et son bien.

Cette assertion eut son côté vrai dans tous les tems. Mais elle est aujourd'hui d'une exactitude, d'une justesse mathématique.

Ces marchands, ces goujats, ces banquiers, ces valets.

Si le commerce languit, ce n'est pas faute de commerçans. Tout s'en mêle. Les enceintes accoutumées ne suffisent plus : il faudra bientôt transporter la Bourse à la plaine des Sablons.

Ils n'auront pas de nom, ils n'auront pas de père.

La loi du divorce est une des plus immorales, des plus désastreuses que l'anarchie ait rendues. On ne saurait trop se hâter de l'anéantir.

Il faut les diffamer pour les rendre meilleurs.

Les gens qui croient qu'on fait toujours la Satire *par malignité*, n'ont pas compris le sens dé ce vers :

Cet infâme Abolin, devenu si célèbre.

Abolin, ex-législateur, s'était emparé des biens de madame Despeigne; il les lui a rendus depuis; c'est quelque chose : le repentir désarme la Satire même.

Lorsque j'entends encor tel commis de Sottin.

Les amis de Sottin assurent que, loin d'être riche, il n'a,

pour soutenir ses six enfans, que le modique produit d'un emploi. Ils font plus : ils désignent un jeune homme arrêté par son ordre, pour avoir trafiqué des radiations. Voilà pourquoi il ne joue plus le rôle principal dans ce paragraphe. J'ai dû l'absoudre, sous le rapport de la vénalité, puisque je n'avais pas de preuves *contre*, et qu'on m'offrait des preuves *pour*. Mais, quant à ses opinions révolutionnaires, quant à sa conduite, avant et après le 18 fructidor, il fut, et sera toujours, inexcusable à mes yeux.

> Le luxe, les festins, les voluptés, les ris,
> Ressuscitent pour vous l'impure Sybaris.

Les parvenus manquent à-la-fois de pudeur et de prévoyance. Ils étalent un faste scandaleux, tandis que les anciens propriétaires français languissent, pour la plupart, dans la gêne et le besoin ; ils ne songent pas que beaucoup de révolutions ont fini par les *chambres ardentes*. Dieu nous en préserve pourtant. La propriété est l'arche sainte : quand on y porte la main, on peut y porter la hache.

> La pitié sur les cœurs a perdu son pouvoir.

C'est un des traits le plus caractéristique de notre âge.

> Le Pont-Neuf est pour eux le rocher de Leucade.

Les malheureux, que le désespoir pousse au suicide, se jettent, presque tous, dans la Seine, du haut du Pont-Neuf.

> Il meurt, en défiant la justice éternelle.

Les athées se récrient lorsqu'on les appelle destructeurs de la morale. Ils prétendent répondre à tout ; mais ils ne répondront jamais à ce vers :

> Si Dieu n'existait pas, il faudrait l'inventer.

FIN DES NOTES DE LA TROISIÈME SATIRE.

LES PARTIS.

QUATRIÈME SATIRE.

PEUPLES qui, par le sort, dépouillés de vos droits,
N'en fleurissez pas moins à l'abri de vos lois,
N'allez pas, opposant la force à l'artifice,
De ces antiques loix renverser l'édifice,
Et poursuivre en tumulte, au gré d'un novateur,
De la perfection le fantôme imposteur.
Hélas ! l'espèce humaine, au malheur condamnée,
Murmure et lutte en vain contre sa destinée.
De ses maux douloureux rien ne peut la guérir ;
Les hommes ici-bas ont toujours à souffrir.
Quels que soient leurs penchans, leurs mœurs et leurs usages,
Timides ou guerriers, impétueux ou sages,
Par les frimats du Nord assiégés en tout tems,
Sous les feux du Midi sans cesse haletans,
Sujets soumis au joug du pouvoir monarchique,
Ou citoyens ardens formés en république,
Ils ne sauraient changer l'ordre de l'univers.
Le sort ne leur laissa que le choix des revers.
Leur audace du trône à peine est affranchie,
L'hydre des factions, la hideuse anarchie.

Se fait un jeu cruel de déchirer leur flanc,
Et, la coupe à la main, s'enivre de leur sang.
   Affreuse vérité dont notre indépendance,
Par dix ans de forfaits, démontra l'évidence!
   O souvenir mêlé de douceur et d'effroi !
Le Français s'éveillait averti par son roi :
Vainqueur des préjugés, que l'erreur déifie,
Eclairé des rayons de la philosophie,
Il voulait du pouvoir séparer les abus,
De leurs droits reconquis investir ses tribus ;
Opposer à l'orgueil une utile barrière,
Rendre à tous ses égaux leur dignité première,
Des subsides entr'eux partager le fardeau,
Sur les yeux de Thémis replacer le bandeau,
Des intérêts divers rétablir l'équilibre,
Et mériter enfin le nom de peuple libre.
La raison et le cœur des mortels éclairés
N'avaient jamais conçu de projets plus sacrés.
On eût dit que, pour nous, un prodige ineffable
Allait de l'âge d'or réaliser la fable.
Mais bientôt les parens, les amis divisés,
L'un par l'autre maudits, l'un par l'autre accusés,
Ravis ou furieux du sort qu'on leur destine,
Préludent aux horreurs de la guerre intestine.
D'innombrables rivaux, d'absurdes champions
Brûlent de s'égorger pour des abstractions.
La menace se mêle aux sarcasmes frivoles :
Des plus vils orateurs on se fait des idoles;
Les plus grossiers pamphlets deviennent l'aliment
D'un feu qui se déploie en vaste embrâsement.

Deux partis, que l'orgueil sous ses drapeaux entraîne,
Disputent à-la-fois d'injustice et de haine.
Le Sage vainement cherche à les accorder :
L'un veut tout obtenir, l'autre veut tout garder.
D'antiques parchemins, des chartes ignorées,
Des écussons, des croix, des cordons, des livrées,
Le besoin idéal d'un système nouveau,
Une feuille de chêne, un bizarre niveau,
Excitent à l'envi leur fierté souveraine,
Les poussent à l'envi dans la fatale arène,
S'offrent à leurs regards, par l'orgueil fascinés,
Comme de saints trésors, comme des droits innés,
Qu'il faut de toutes parts ressaisir ou défendre,
Et dont le prix vaut bien le sang qu'on va répandre.
Le sang coule en effet. Un débile vieillard
D'un prince menaçant affronte le regard,
Et semble, avec dédain, voir flotter sa bannière.
Il tombe sous les coups de sa main meurtrière.
L'impassible gardien d'une prison d'Etat,
Accusé tout-à-coup d'un horrible attentat,
Tout-à-coup entouré d'une foule cruelle,
Périt sur les remparts confiés à son zèle.
On s'élance aux forfaits par le plus court chemin.
Ici des villageois, une torche à la main,)
Consument d'un château les gothiques murailles,
Et de leur bienfaiteur dispersent les entrailles.
Plus loin, un peuple entier pousse des hurlemens :
Affamé de carnage et gorgé d'alimens,
Il demande du pain; il s'avance en tumulte;
Dans le palais des rois il profère l'insulte.

Il y porte la mort : son homicide bras
Au poste de l'honneur mutile leurs soldats,
Il fait plus. Dans l'excès du courroux qui l'enflamme,
Il veut rougir sa main du meurtre d'une femme ;
Il la cherche de l'œil, voit son asyle ouvert,
De cent coups de poignard frappe son lit désert,
Et frémit, dans ces lieux qu'il doit bientôt soumettre,
Du seul assassinat qu'il n'a pas pu commettre.
Ailleurs des scélérats, déchaînés par l'enfer,
Accoutument leur rage à se passer du fer,
D'un mobile lacet entourent l'innocence,
Et font d'un réverbère une horrible potence.
Trente-deux accusés, des prisons d'Orléans
A Versailles conduits sur quatre chars tremblans,
Seront peut-être absous... Le crime le redoute,
Et pour les massacrer les attend sur la route.
Dans les murs d'Avignon il frappe à coups pressés,
Entasse les mourans sur les morts entassés,
Et hume avec transport, dans sa fureur brutale,
Les sanglantes vapeurs que la Glacière exhale.
    La révolte par-tout a lévé l'étendard.
La loi n'est plus pour nous qu'un fragile rempart :
Le crime, énorgueilli des pouvoirs qu'il rassemble,
Est délateur et juge et bourreau tout ensemble.
L'honnête plébéïen, palpitant de terreur,
De son sort, à l'écart, va déplorer l'horreur.
Imprudent matelot, assailli par l'orage,
Il perd à son aspect sa force et son courage,
Dans les flancs du vaisseau s'enferme tristement,
Et là, pâle jouet du fougueux élément

Qui mugit sous ses pieds et gronde sur sa tête,
Immobile, il attend la fin de la tempête.
Eh ! qu'opposerait-il aux transports effrénés
De tant de scélérats sur leur proie acharnés ?
Des hommes qui devaient s'unir à sa fortune,
Dans un danger commun faire cause commune,
Lui prêter leurs secours, réclamer son appui,
Et vaincre, dans nos murs, ou périr avec lui :
Ces hommes, du Destin le déclarent complice,
A l'hydre dévorant abandonnent la lice,
Et, quand notre repos est détruit sans retour,
Quand le poids de nos maux s'accroit de jour en jour,
Portent chez l'étranger leur bizarre furie,
Au lieu de la sauver, menacent leur patrie;
Apprennent gravement au reste des humains
Que la France à ses pieds foule leurs parchemins,
Et, contr'elle irritant tous les rois de la terre,
La livrent aux horreurs d'une seconde guerre.
Quelques vrais citoyens, défenseurs généreux,
Luttaient encor pour nous dans ce cahos affreux :
Leur éloquente voix conseillait l'indulgence,
Leur popularité modérait la vengeance.
Ils deviennent l'objet d'un ténébreux soupçon.
Au tribunal du peuple ou cite leur raison :
Qui blâme les excès veut servir le despote :
Qui parle pour les loix n'est pas un patriote,
Et marche vers son but par un secret détour :
Telle est, de point en point, la logique du jour.
Le sage novateur, à la vertu fidèle,
S'entoure vainement des preuves de son zèle,

En vain de ses travaux il réclame le fruit.
Un conseil, un souhait, un mot a tout détruit.
On croit, dans ses discours, trouver telle maxime :
Il doit avoir écrit tel pamphlet anonyme ;
La cour, à tant par mois, s'assure son appui ;
Donc le sauveur d'hier veut tout perdre aujourd'hui.
Neckre, dont le public, dont la France elle-même
Demanda le rappel comme un bienfait suprême,
Qui vit, à son retour, la foule l'entourer,
L'accueillir, le bénir et presque l'adorer,
La voit, à son départ, accourir sur sa trace,
Pour célébrer en chœur sa nouvelle disgrace.
Mirabeau, dont la voix terrible aux potentats,
D'un bout du monde à l'autre, ébranlait les Etats,
Ralentit un moment sa fougue plébéienne :
On lui fait redouter la roche tarpéienne.
Lafayette, naguère en triomphe porté
Par tous les habitans d'une immense cité,
Veut venir au secours de la France trompée ;
D'une main courageuse il saisit son épée :
Un arrêt le proscrit. On le livre à ces rois
Que son zèle inflexible a combattu deux fois.
Chapellier et Barnave, et mille autres encore,
Admiraient le volcan : sa lave les dévore :
Le peuple s'écriait : *Pétion ou la mort !*
Et bientôt Pétion subit le même sort.
C'en est fait. Leurs pareils sont *des hommes de glace,*
Indignes aujourd'hui du peuple et de leur place.
Au milieu de leur course ils veulent s'arrêter :
Sur leur zèle timide on ne doit plus compter ;

Non. Il faut désormais d'autres titres de gloire,
Il faut aimer le sang, il faut pouvoir le boire.
  Un troisième parti s'est formé, s'est accru.
Dans les champs du carnage, à la hâte accouru,
Fier d'avoir à son tour son culte et ses apôtres,
Il se charge du soin d'accorder les deux autres :
Pour eux de la Discorde éteignant les flambeaux,
Il va les réunir dans la paix des tombeaux.
Tous ses moyens sont prêts. Ces cercles politiques,
Où brillèrent d'abord quelques vertus civiques,
Se peuplent aujourd'hui de brigands démasqués
Que les loix ont atteints, qu'un fer rouge a marqués.
L'audace à leurs drapeaux enchaîne la fortune.
Jacobins, *Cordeliers*, *exécrable Commune*,
Louis vous menaçait ; son trône est consumé.
Le sénat vous résiste, il sera décimé.
Vous lui direz bientôt : « Une loi t'embarrasse...
» Elle parle d'exil... N'importe, point de grace ;
» Nous ne reconnaissons que la loi du plus fort.
» Voilà le criminel ; meurs, *ou vote la mort* ».
Mais d'un autre forfait l'heure est déjà sonnée.
  Septembre commençait sa deuxième journée.
Furieux, agités de transports inconnus,
Vous partez, l'œil hagard, pâles, à demi-nus :
Vos couteaux assassins, poussés par les Furies,
Changent quatre prisons en vastes boucheries.
Le jeune homme, l'enfant, la beauté, le vieillard,
Tout périt. Vous frappez, vous tuez au hasard.
Le malheureux, atteint par le tranchant du glaive,
Chancelle et se débat, succombe et se relève.

Il croit que la pitié peut suspendre vos coups;
D'une bouche mourante il presse vos genoux :
Ses larmes, ses sanglots sont eux-mêmes des crimes,
L'horrible tribunal siége sur des victimes;
De ses trois cents bourreaux il fatigue le bras;
Sa justice n'absout que les seuls scélérats.
Et le ciel !... vain souhait ! impuissante prière!
Le soleil roule en paix sur son char de lumière.
L'homme refuse à l'homme un généreux secours :
Paris de tant d'horreurs n'ose troubler le cours;
Ses lâches habitans ont tremblé pour leur tête,
Et du crime joyeux rien n'interrompt la fête.
La nuit seule dérobe aux glaives suspendus
Quelques infortunés, de terreur éperdus,
Qui tous ont vu la mort entrer dans leurs demeures,
Les compter, et sur eux planer pendant douze heures.
Par bandes divisé, le groupe haletant
Vers ses faubourgs alors s'achemine en chantant.
S'il garde sa fureur, sa force s'est lassée ;
Le sommeil va fermer sa paupière affaissée....
Le sommeil ! Quoi ! sans crainte et même sans remord,
De meurtre dégoûtant, le meurtrier s'endort !
Mais les songes vengeurs, les fantômes funèbres
Le poursuivent sans doute au milieu des ténèbres;
Il voit les pleurs, le sang, le glaive, l'échafaud;
Sans doute à cet aspect il s'éveille en sursaut,
S'épouvante lui-même, et lui-même s'abhorre ?
Non : sa férocité renaît avec l'aurore.
Il ne veut pas laisser ses travaux imparfaits :
La hache sur l'épaule, il retourne aux forfaits,

Durant trois jours entiers, ces assassins manœuvres
Prolongèrent le cours de leurs sanglantes œuvres.
Jours de honte et d'horreur ! où la férocité
S'accrut par le carnage et la rivalité ;
Où le crime osa tout ; où sa bouche altérée
But le vin et le sang dans la coupe d'Atrée,
Mangea la chair humaine, et d'un si doux festin,
Par de longs hurlemens, rendit grace au Destin !
A ces jeux infernaux des femmes se mêlèrent :
Avec un froid souris des femmes étalèrent
Sur leurs hideux appas, trop dignement ornés,
Des lambeaux palpitans en joyaux façonnés.
Et, quand de ces pervers la féroce démence
Eut des quatre prisons vidé l'enceinte immense,
Des magistrats, comme eux, dans le crime affermis,
Payèrent à leur rage un salaire promis.
De leurs pas avec soin on effaça la trace ;
Un sénateur fit plus, il demanda leur grace.
    Le parti destructeur sur des morts va régner.
Mais mon cœur abattu ne peut plus s'indigner ;
Le pinceau trahirait et ma main et mon zèle,
Je ne suis désormais que narrateur fidèle.
    Un méchant subalterne, un obscur malfaiteur,
Un vil folliculaire, un absurde orateur,
A force de délire, à force d'ignorance,
Marat, obtient l'honneur de gouverner la France.
Il marche, environné d'avides plébéiens,
Il demande, en leur nom, le partage des biens ;
A ses yeux, que l'éclat, que le mérite blesse,
La fortune est un crime ainsi que la noblesse,

Il réduit le savoir, les vertus à trembler,
Il sut tout asservir et veut tout niveler.
Dans l'étrange avenir qu'à son peuple il propose,
De nos droits, de nos jours, son civisme dispose ;
Déjà même il prélude à ses hardis essais,
Il proscrit d'un seul mot deux cent mille Français.
Un mouvement d'horreur fait frisonner l'Empire.
Une femme l'entend, elle s'arme, il expire....
Il expire... Sa mort ne nous sauvera pas.
Roberspierre, son maître, observait tous ses pas,
Excitait une ardeur à ses desseins propice,
Et, charmé, le poussait au bord du précipice.
Sa chûte lui répond du prix de ses travaux ;
Elle tient lieu de crime à ses derniers rivaux ;
Elle devient pour lui, dans ces momens d'ivresse,
Ce que fut pour Brutus le trépas de Lucrèce.
Par elle il renversa, non de nouveaux Tarquins,
Mais d'ardens novateurs, sages républicains,
Qui, maudissant l'effet de leurs propres intrigues,
Voulaient à la licence opposer quelques digues.
Pour arrêter son bras, prêt à tout saccager,
En vain la nation tenta de s'insurger ;
La révolte échoua, faible et pusillanime,
Dès qu'elle eut pour objet le châtiment du crime.
Nos bras mal assurés égarèrent leurs coups,
Et dans leurs vains efforts ne frappèrent que nous.
Traversés, arrêtés par un fatal génie,
Dépourvus à-la-fois d'audace et d'harmonie,
Envenimant nos maux, au lieu de les guérir,
Nous ne sûmes céder, ni vaincre, ni mourir.

Tandis que le Midi déployait ses bannières,
Excitait au combat ses phalanges guerrières,
Et traînait, en espoir, des tyrans insensés
Aux échafauds vengeurs par eux-mêmes dressés,
Le Nord, loin de servir sa généreuse haine,
Semblait voir du même œil *la Montagne et la Plaine;*
D'une fausse prudence écoutait les avis,
Sans prévoir les malheurs dont ils seraient suivis;
Espérait, par des vœux, fléchir le sort contraire,
Et doublait les dangers en voulant s'y soustraire.
Cependant que Bordeaux, Caën, Toulouse, Paris,
De Brissot, de Danton bizarrement épris,
Divisés en morale, unis en politique,
Avec la même ardeur votaient la République;
De ce nouveau système attendaient mille biens,
Et ne se disputaient que le choix des moyens,
Les fougueux habitans de la Loire et du Rhône
Juraient, le glaive en main, de relever le trône.
Que dis-je? encouragé par ces divisions,
Secondé par ce choc des folles passions,
L'étranger dispersait nos troupes citoyennes;
Il affamait Toulon, il brûlait Valenciennes.
La France, en même-tems, voyait sur ses remparts
Flotter les trois couleurs, les affreux léopards,
Et le bonnet sanglant de la horde anarchique,
Et les lys des Bourbons, et l'aigle Germanique.
Dans ses murs, que le fer, que le feu dévasta,
Cinq champions luttaient... le plus vil l'emporta.
Un calme affreux suivit l'effroyable tempête.
Louis sur l'échafaud avait porté sa tête.

Vingt membres du sénat, par le même chemin,
Descendaient au tombeau, sa sentence à la main :
D'autres, dans les forêts, dans les antres sauvages,
Erraient, fuyaient ce peuple affamé de ravages,
Ce peuple plus cruel encor que malheureux,
Et qui du joug des loix fut affranchi par eux.
Les milices d'élite, en bataillons formées,
Au sein de nos cités languissaient désarmées;
L'abjecte multitude , avec un front d'airain,
Prenait insolemment le nom de souverain.
Où l'on fêta Bailly, l'on encensait Chaumette;
Le farouche Henriot remplaçait Lafayette;
Hébert , de ses poisons infectait un journal;
L'implacable Dumas siégeait au tribunal.
Un double comité, par un mot, par un geste,
Du sénat dans les fers faisait mouvoir le reste ;
Arbitre de son sort , il le gardait exprès,
Pour mettre chaque jour son délire en décrets.
Couthon, Saint-Just, Collot, assis au rang suprême,
Dirigeaient sans efforts ces comités eux-même:
Ils régnaient et tremblaient. Subjugués par l'effroi,
Ils avaient à leur tour Roberspierre pour roi.
Roberspierre ceignait un affreux diadême;
Son art avait réduit l'anarchie en système.
Il était des pervers et l'amour et l'espoir;
Pour accabler la France, il n'avait qu'à vouloir.
L'arrêt fut prononcé. L'écho de la tribune
Murmura, répéta, *de commune en commune,*
Aux applaudissemens de la secte en fureur,
Cet exécrable mot: la terreur ! la terreur!

Soudain un noir amas de brigands mercenaires,
De bourreaux ambulans, surnommés *commissaires*,
S'élancent à-la-fois, de désordres, d'excès,
De prisons, d'échafauds, couvrent le sol français;
Surpassent en horreur le démon de la guerre,
Et du bruit de leurs coups épouvantent la terre.
L'homicide mandat que chacun a reçu,
Dans les termes suivans est à-peu-près conçu :
« Va, *mon frère*, et punis; *la liberté* l'ordonne.
« Use *en républicain* des droits qu'elle te donne :
» Frappe l'*ami des rois*, l'infâme *modéré*,
» Le lâche *insouciant* de lui-même ignoré,
» Le perfide *dévot*, l'impur *fédéraliste*,
» Le riche et le savant, le marchand et l'artiste.
» Ceux que tu frapperas l'auront tous mérité;
» *La vertu sur la terre est en minorité.*
» Si des villes osaient te refuser leurs portes,
» Contre leurs habitans fais marcher nos cohortes,
» Réduis-les à céder, à trembler devant toi;
» Détruis-les, tu le peux; *elles sont hors la loi*».
O France! ô ma patrie! ils ont voulu ta perte,
Et la tombe sans fond sous tes pieds s'est ouverte.
Ces hardis Proconsuls, suivis de leurs licteurs,
Parcourent nos climats en exterminateurs.
Cavagnac, dans les murs de Bayonne soumise,
Avec l'affreux Pinet d'attentats rivalise;
Lequinio promène au sein de Rochefort
Le buste de Marat et les tables de mort;
Lebon quitte le Dieu qui défendait les haines,
Pour des dieux affamés de victimes humaines;

Il part, et dans Arras signalant son retour,
Dépeuple la cité qui lui donna le jour.
L'audace de Maignet, par l'exemple enhardie,
Allume, en se jouant, le rapide incendie;
Bédouin disparait. L'homicide Fréron
Rassemblant sous ses yeux les débris de Toulon,
Compte les citoyens enchainés sur la place,
Fait un signe de mort, et les froudroie en *masse*.
L'un des trois Jullien, proscripteur de vingt ans,
Ranime dans Bordeaux les bouchers haletans :
Les meurtres sont ses jeux, et les têtes coupées,
A cet enfant cruel tiennent lieu de poupées.
Lyon, pour prévenir un affreux châtiment,
A ses fiers ennemis s'est rendu vainement :
Il ne peut appaiser l'ardeur qui les dévore.
Son bras ne combat plus, son sang ruisselle encore;
Il a livré ses murs, de leur honte étonnés,
Et par la flamme encor ses murs sont calcinés.
L'inflexible Collot déchire ses entrailles,
Fait tonner dans son sein le bronze des batailles,
Et, pour mieux le punir de sa rebellion,
Veut qu'on dise bientôt: *Passant, là fut Lyon*.
Carrier surpasse seul tous ses rivaux ensemble.....
Mais, à ce nom, mon cœur palpite, ma main tremble;
Les fantômes hideux viennent m'épouvanter.....
Je ne poursuivrai pas, j'aurais l'air d'inventer.
Aussi-bien les agens de la horde insensée,
De forfaits en forfaits égarent ma pensée.
Le plus humble hameau craint pour ses habitans;
La mort de toute part moissonne en même-tems :

Sa redoutable faulx luit sur toutes les têtes.
Quand l'Oracle a parlé, les victimes sont prêtes.
Les sbires, les bourreaux triomphent tour-à-tour :
On arrête la nuit, on massacre le jour.
Tout est *suspect :* les chefs du monstrueux systême,
S'ils pouvaient s'émouvoir, seraient suspects eux-mêmes;
Ils armeraient contr'eux leur parti révolté,
Et subiraient l'arrêt qu'ils n'auraient pas porté.
Du nœud qui les lia telle est l'horrible étreinte :
Comme par barbarie, on égorge par crainte ;
Chacun au premier rang tâche de se placer :
On ne s'entr'aide pas, on veut se surpasser.
On mêle aux noirs transports l'ironie insolente.
Tel soufflette en public une tête sanglante ;
Tel signale en riant, au milieu d'un festin,
Les quarante accusés qui périront demain.
D'une vierge, livrée aux mortelles alarmes,
Un autre a convoité la candeur et les charmes.
Elle croit recueillir, dans ce jour abhorré,
D'un affreux dévoûment un salaire sacré.
A l'impudique autel la victime est conduite ;
Elle cède d'abord ; son père meurt ensuite.
Celui-là, dédaignant la torche et le poison,
Introduit la famine au sein d'une prison ;
Celui-ci, dans un club, avec orgueil avoue
Que sous la monarchie il mérita la roue.
Tous donnent, pour garant de leur fidélité,
Une noirceur égale à leur stupidité.
Ils ont tous adopté pour suprêmes maximes :
En révolution les vertus sont des crimes ;

Ceux qu'on a fait descendre au séjour du trépas
Sont les seuls ennemis qui ne reviennent pas;
Des vains ménagemens la liberté s'offense;
Le sang est un lait pur qui nourrit son enfance.
Pour prouver leur civisme et leur témérité,
Ils blasphêment le Dieu qu'ils ont tant irrité;
Ils foulent sous leurs pieds ses images chéries,
De ses temples déserts ils font des écuries.
Le crime est un torrent qui chaque jour grossit.
D'un nuage de sang l'horizon s'obscurcit.
Le calme règne au loin. L'oreille épouvantée
N'entend plus que la hache, à grand bruit agitée;
Et les cris des mourans, et la voix des bourreaux,
Et les roulemens sourds des affreux tombereaux.
Le farouche soupçon, la morne inquiétude,
Peuplent seuls de nos murs la vaste solitude.
Une aveugle ignorance y commande au Destin:
L'homme y meurt, l'herbe y croît, et le peuple est sans pain.
   Ce régime, établi par la horde cruelle
Qui n'a point de rivale et n'eut point de modèle,
Depuis quatorze mois ensanglantait nos bords,
Quand l'abus du pouvoir en brisa les ressorts.
La France, si long-tems soumise et saccagée,
Conçut alors l'epoir d'être à la fin vengée;
Elle crut que la loi, sensible à ses revers,
Allait enfin punir, aux yeux de l'Univers,
Des attentats nouveaux par de nouveaux supplices.
Mais les grands oppresseurs avaient trop de complices?
Le long assassinat d'un peuple hospitalier
Fut mis au rang des torts que l'on peut oublier,

Et qu'une tolérance, en décret convertie,
Grace à l'intention, couvre de l'amnistie.
La peur même sauva le parti meurtrier :
Jusques sur l'échafaud on redouta Carrier;
La retraite du crime en tremblant fut fermée;
Pour exiler Collot il fallut une armée.
Des sectaires gorgés de sang, de pleurs et d'or,
Conservèrent le droit de menacer encor.
Ils reprirent bientôt l'attitude guerrière,
A leurs noirs bataillons r'ouvrirent la carrière;
Mutilèrent Féraud dans le temple des lois,
Et faillirent régner une seconde fois.
Tant d'audace irrita la vertu magnanime :
La vertu se lassa d'être toujours victime.
Nos jeunes citoyens, au désespoir livrés,
Avaient vu leurs amis, leurs pères massacrés,
Nos villes dans le deuil et leurs remparts en cendre.
La morale eut encor des larmes à répandre.
Hélas! les malheureux! triste sujet d'horreur,
Ils n'écoutèrent plus qu'une aveugle fureur.
La Vengeance ordonnait ; elle fut obéie :
Le *Fort-Jean* eut le sort qu'avait eu *l'Abbaye*.
   Le sénat cependant contint l'assassinat.
Les citoyens aigris blâmèrent le sénat ;
Dans la discussion les haines se heurtèrent,
A l'aspect des dangers les transports éclatèrent.
D'insensés agresseurs, dans un fatal élan,
Suivirent l'étendard porté par Danican;
Leur téméraire main sonna leur dernière heure :
Ils reçurent la mort jusques dans leur demeure.

Enfin, tous les fléaux avaient pesé sur nous :
Les chocs tumultueux des partis en courroux,
Le démon infernal des discordes civiles,
Cessaient, après sept ans, de tourmenter nos villes.
L'artisan reprenait son antique métier,
Le métal succédait aux vains tas de papier.
Couronné quatre fois par le Dieu de la guerre,
Un héros s'apprêtait à consoler la terre.
Il voulait obtenir, sage triomphateur,
Le nom doux et sacré de pacificateur.
La paix en espérance était déjà conclue,
Bonaparte l'offrait à l'Europe vaincue.
Que de pleurs, que de sang elle allait épargner !
Carnot impatient brûlait de la signer.
Mais Carnot, entouré d'une perfide trame,
Peint sous des traits affreux dans un rapport infâme,
Expia par l'exil son amour pour les lois,
Et l'utile frayeur qu'il inspirait aux rois.
Quarante magistrats, ravis à nos hommages,
Furent traînés captifs sur de lointains rivages :
Soudain la paix, l'espoir, le repos s'envola.
L'élite des pervers d'audace redoubla ;
Elle cita les Grecs, admira leur civisme,
De la poudre des tems retira l'ostracisme,
Elut Briot, Destrem, Duplantier, Aréna,
Santonax, que jamais un forfait n'étonna.
Et, par eux, inscrivit sur sa fatale liste
Tel pauvre gouvernant déclaré royaliste,
Sans qu'il pût concevoir son bizarre destin :
La loi sur les suspects ne sauva pas Merlin.

Que dis-je ? le vainqueur rêva d'autres conquêtes :
Maître de la puissance, il demanda des têtes ;
Ses *chauds* républicains , ses patriotes *purs* ,
Du Manège, en heurlant, ébranlèrent les murs.
On y vit figurer, pleins d'une ardeur nouvelle ,
Tissot, Choudieu , Chrétien, Pelletier, Antonelle.

O Français ! que vos maux étaient encore affreux !
Les méchans s'agitaient, ils s'excitaient entr'eux.
Pour prix de leurs forfaits et de votre indulgence ,
Tout couverts de vos pleurs, ils parlaient de vengeance!
O Français! mutilés par les partis rivaux,
Qu'aviez-vous obtenu de vos sanglans travaux ?
Un long abattement , fruit de longues fatigues ,
Des débats éternels, d'homicides intrigues ,
Des magistrats privés de pouvoir et d'honneurs ,
Des sectaires, des clubs, *des chouans, des chauffeurs,*
Trois constitutions à l'oubli condamnées ,
Quarante mille loix, et quatorze *journées* ,
Et l'effroyable aspect des sanglans échafauds ,
Où la mort s'apprêtait à rattacher sa faulx.
Le Destin a depuis dissipé vos alarmes ;
Un prodige a tari la source de vos larmes :
Respectés dans vos droits, libres dans vos discours,
L'effroi, de vos plaisirs, n'interrompt plus le cours.
Le présent s'embellit de fortunés présages,
Vous possédez des loix plus humaines, plus sages ,
Un pouvoir protecteur, des chefs dignes de vous.
Ah! sentez bien le prix d'un changement si doux.
Après de tels débats , après un tel système,
L'absence du malheur est le bonheur lui-même.

Puisez dans vos revers une utile leçon,
Sur vos vrais intérêts consultez la raison :
Redoutez, prévenez les nouvelles tempêtes ;
Le mieux n'est nulle part, demeurez où vous êtes.
Des talens presque éteints ranimez le flambeau ;
Que la gloire des arts sorte de son tombeau ;
Retournez aux vertus si long-tems délaissées ;
Vivez en paix. Et vous, nations policées,
Peuples qui, par le sort, dépouillés de vos droits,
N'en fleurissez pas moins à l'abri de vos lois,
N'allez pas, opposant la force à l'artifice,
De ces antiques loix ébranler l'édifice,
Et poursuivre en tumulte, au gré d'un novateur,
De la perfection le fantôme imposteur.

FIN DE LA QUATRIÈME ET DERNIÈRE SATIRE.

NOTES
de la quatrième et dernière Satire.

Peuples qui , par le sort, dépouillés de vos droits.

LES démagogues se sont récriés sur ce début ; ils ont dit que je cherchais à dégoûter les peuples des révolutions, et je l'avoue bien franchement. Si l'esclavage est un état honteux, l'anarchie est un état horrible. Peu de nations d'ailleurs peuvent aujourd'hui être considérées comme esclaves : la plupart des gouvernemens de l'Europe sont des gouvernemens tempérés.

Mais bientôt les parens , les amis divisés.

Il n'y avait guère de famille où l'on ne trouvât, en 89, *un patriote et un aristocrate.*

Les plus grossiers pamphlets deviennent l'aliment.

Les journaux bien incendiaires , dans un sens ou dans l'autre, avaient chacun, à cette époque, quatre-vingt mille souscripteurs. On les lisait à haute voix dans les cercles , dans les cafés, et jusques sur les places publiques.

Le sang coule en effet..... Un débile vieillard.

C'est le prince de Lambesc qui, sur la place Louis XV, frappa d'un coup de sabre un spectateur en cheveux blancs.

L'impassible gardien d'une prison d'Etat.

M. de Launay, gouverneur de la Bastille.

Plus loin, un peuple entier pousse des heurlemens.

Les journées des 5 et 6 octobre furent excusées par l'assemblée constituante , sur le rapport de Chabroust. Mais les rapports , faits dans le tumulte des passions, n'ont rien de commun avec les récits de l'histoire et les arrêts de la justice éternelle.

Et font d'un réverbère une horrible potence.

Delà vous est venu le beau refrein : *Ah ! ça ira, ça ira, les aristocrates à la lanterne.*

Les sanglantes vapeurs que la glacière exhale.

Les scélérats qui firent de la glacière d'Avignon un immense charnier, avaient pour chef ce Jourdan qu'on surnomma *le coupe-tête*, et que Roberspierre envoya à la mort. Il n'était ni parent ni allié du général de ce nom.

A l'hydre dévorant abandonnent la lice.

Je disais, il y a un an, aux magistrats : « Les émigrés » ont eu des torts.... Mais la patrie est mère ». Si je possédais un des biens vendus, je dirais cette année à l'ancien possesseur : « Votre bien me coûte tant ; je ne veux ni » gagner, ni perdre ; reprenez-le au même prix ou à des » conditions équivalentes ; et, quoi qu'il arrive, ne vous » en séparez plus, ne quittez plus la terre qui vous a vu » naître. Dans les tems de troubles et de périls, c'est là » qu'est le poste d'honneur ».

Neckre, dont le public, dont la France elle-même.

Neckre avait servi la révolution plus que tout autre; c'est lui qui la rendit possible, en obtenant au *tiers-état* une double représentation.

Mirabeau, dont la voix terrible aux potentats.

Mirabeau voulut bien se vendre, mais on ne voulut pas l'acheter : la cour s'effraya de ses dettes encore plus que de ses talens.

Lafayette, naguère en triomphe porté.

Lafayette fut proscrit par les énergumènes de la révolution, et n'en est pas moins resté fidèle aux principes qu'il professa tour-à-tour, comme ami de Wasingthon, et comme général de l'armée parisienne. Les mécontens de *vieille*

roche lui gardent du ressentiment. Cela s'explique de soi-
même : mais on ne concevrait pas, à son égard, l'oubli
des novateurs francais, si l'on ne savait pas jusqu'où va
l'ingratitude des partis.

Chapellier et Barnave, et mille autres encore.

Barnave mérita son sort. C'est lui qui prononça, à la
tribune nationale, cette phrase horrible : *Le sang qui coule
est-il donc si pur?*

Et bientôt Pétion subit le même sort.

Pétion avait promis à Louis XVI de sauver sa tête, si
les Prussiens quittaient notre territoire. Louis XVI exauça
ce vœu; Pétion voulut tenir sa promesse. Voilà la cause de
sa mort : l'histoire de sa vie est connue.

Leurs pareils aujourd'hui sont des *hommes de glace.*

Toutes les expressions soulignées dans cette satire sont
encore des expressions du tems.

Un troisième parti s'est formé, s'est accru.

Avant la chûte des *feuillans* (*les feuillans* étaient les
membres les plus modérés de l'*assemblée législative*), avant
l'ouverture de la *convention*, les jacobins se perdaient dans
la foule et y jouaient obscurément le rôle d'assassins. Mais,
à cette époque, forts des appuis qu'ils venaient de se donner,
forts de la *députation de Paris*, forts de leur *commune*,
de leurs *piques*, de leurs *Marseillais*, ils acquirent, sur tous
les points, une consistance politique ; ils devinrent une faction, faction unique dans les annales du monde ; faction
dévorante, qui a passé sur la France comme un incendie
sur une forêt; faction terrible que ses victoires n'ont pu
appaiser, que ses revers n'ont pu abattre ; faction atroce
qui inventa tour-à-tour les *batteaux à soupape*, les *ma-
riages civiques* et les *machines infernales.*

Voilà le criminel ; meurs, ou vote la mort.

Le jour où la convention décida du sort de Louis XVI, ses avenues étaient encombrées de coupe-jarets qui mena-çaient les députés les plus enclins à l'indulgence. Plusieurs de ses députés, craignant pour eux-mêmes, votèrent contre leur opinion ; les *girondins*, par exemple.

Jacobins, cordeliers, exécrable commune.

Le club des cordeliers était encore plus extravagant, encore plus sanguinaire que le club des jacobins.

Marat obtient l'honneur de gouverner la France.

Marat rédigea *l'Ami du peuple* ; il mit au pillage les boutiques des épiciers ; il fut membre de la convention, et demanda deux cent mille têtes. Un tribunal l'acquitta de la manière la plus solemnelle. Une femme (Charlotte Corday) le frappa d'un coup de poignard. Les chefs de son propre parti le méprisèrent durant sa vie, ils le déifièrent après sa mort. Ses restes furent déposés au *Panthéon*, puis jettés dans *l'égoût Montmartre.*

Mais d'ardens novateurs, sages républicains.

Les *girondins* approuvèrent les premiers excès de la licence ; ils proscrivirent les *feuillans*, ils armèrent les *sans-culottes*, et malgré cela, on les plaignit : on dut les plaindre. Ils succombèrent le 31 mai, victimes de la plus noire scélératesse. Leur chûte fut le signal du massacre général.

Tandis que le *Midi* déployait ses bannières.

Lorsque la France apprit les attentats du 31 mai, lors-qu'elle sut que soixante-treize membres de la convention étaient dans les fers, et vingt-deux *hors la loi*, la plupart des départemens prirent les armes et voulurent marcher sur Paris.

Le Nord, loin de servir sa généreuse haine.

Les villes du Nord secondèrent mal l'insurrection *départementale*.

Semblait voir du même œil la *montagne et la plaine*.

On donna le nom de *Montagne* aux députés qui siégeaient sur les bancs les plus élevés de la convention, et qui avaient à leur tête *Roberspierre*, *Danton*, *Collot-d'Herbois*, etc. Ceux qui occupaient les bancs inférieurs, les *Vergniaux*, les *Brissot*, les *Barbaroux*, etc. se nommèrent *la Plaine*.

Cinq champions luttaient...... le plus vil l'emporta.

Cinq champions! le nombre est exact : notre patrie avait alors, sur les bras, les autrichiens, les anglais, les royalistes, les fédéralistes et les jacobins.

Les milices d'élite en bataillons formées.

Les grenadiers de la garde nationale furent licentiés et désarmés dans toutes nos villes.

Hébert, de ses poisons infectait un journal.

Il faisait *le Père Duchéne*.

L'implacable *Dumas* siégeait au tribunal.

Néron et Calligula furent moins cruels que ne l'a été ce juge révolutionnaire.

Un double comité, par un mot, par un geste.

Les comités de *salut public* et de *sûreté générale*.

Couthon, *Saint-Just*, *Collot* assis au rang suprême.

Ils étaient au comité *de salut public* ce qu'étaient au comité *de sûreté générale* *Voulan*, *Amar* et *Vadier*.

Cet exécrable mot : la terreur ! la terreur !

C'est *Danton* qui le prononça le premier à la tribune. « Jusqu'ici, dit-il aux *montagnards*, vous avez été *poli-* » *tiques*, maintenant vous devez mettre *la terreur à l'ordre* » *du jour* »: Il périt bientôt après. Le crime est juste quelquefois.

La vertu sur la terre est en minorité.

Ce vers est tiré, mot pour mot, d'un discours de Robers-pierre.

Les hardis Proconsuls, suivis de leurs licteurs.

Les députés en mission avaient à leurs ordres *des armées révolutionnaires.* Je n'ajouterai rien sur le compte de ceux que j'ai signalés. Ils ne sont, hélas! que trop connus!

Ceux qu'on a fait descendre au séjour du trépas
Sont les seuls ennemis qui ne reviennent pas.

Rendons à chacun son bien : cette pensée est de Barrère. Il souriait alors aux assassinats ; il dépose aujourd'hui contre les assassins.

Des vains ménagemens la Liberté s'offense,
Le sang est un lait pur qui nourrit son enfance.

Phrase du *Petit-Jullien.* On la trouve dans son discours sur *le modérantisme,* prononcé, imprimé et publié à Bordeaux.

Depuis quatorze mois ensanglantait nos bords.

Telle fut la durée de ce système qui n'épargna ni le sexe, ni l'âge, qui frappa indistinctement sur les hommes de tous les partis, qui traîna à l'échafaud Lamoignon et d'Or-léans, Montlausier et Condorcet, Bailly et Chaumette, d'Estaing et Jourdan. Ses chefs détrônés, dans la nuit du 9 au 10 thermidor, reçurent un trépas digne d'eux. Ils avaient régné en bourreaux, ils expirèrent en lâches.

Jusques sur l'échafaud on redoute Carrier.

Son procès traîna réellement en longueur. On cherchait des preuves. Et quand les Nantais exhibèrent dix mille cadavres, on parla de l'acquitter sur l'intention.

La retraite du crime en tremblant fut fermée.

Les quatre nouveaux comités de gouvernement étaient réunis. Ils venaient de décider que *la salle des jacobins* serait fermée ; mais quand il fallut signer l'arreté, la plupart des membres disparurent.

Pour exiler Collot il fallut une armée.

Et une armée que commandait Pichegru en personne.

Mutilèrent Féraud dans le temple des lois.

Les insurgés des 1, 2, 3 et 4 prairial ne se contentèrent pas de cet attentat. Ils s'emparèrent des Tuileries ; ils y rendirent vingt décrets dans l'espace de deux heures ; ils défirent momentanément tout ce qu'on avait fait depuis le 9 thermidor. Mais Legendre les dispersa à la tête d'une troupe armée, et leurs dignes chefs, *Romme*, *Soubrany*, etc. périrent peu de jours après.

Le Fort-Jean eut le sort qu'avait eu l'Abbaye.

Durant le cours de ces vengeances, connues sous le nom de *réaction*, et dont les auteurs furent appelés *compagnons de Jésus*, et *enfans du soleil*, on égorgea à Marseille tous les prisonniers du fort Saint-Jean.

Suivirent l'étendard porté par Danican.

Danican était un des principaux chefs qui dirigeaient les sections en vendémiaire.

L'artisan reprenait son antique métier,

Le métal succédait aux vains tas de papier.

Cette amélioration, dans nos destins, s'opéra sous les premiers directeurs ; elle se prolongea, elle s'accrut jusqu'au 18 fructidor.

Peint sous des traits affreux dans un rapport infâme.

Ce rapport est de Bailleul.

Quarante magistrats ravis à nos hommages.

Les Barthélemy, les Boissy-d'Anglas, les Portalis, les Siméon, etc.

Elut Briot, Destrem, Duplantier, Aréna.

Je rappelle ici les élections de l'an VI. Elles furent si

mauvaises , que les directeurs d'alors prirent le parti de les morceler. (Voyez la loi du 12 floréal.)

Par eux elle inscrivit sur sa fatale liste.

Lorsqu'on eut renversé Treilhard et la Réveillière pour cause d'impéritie , quand on leur eut substitué Gohier et Merlin , comme des hommes d'Etat par excellence, on demanda à grands cris la tête des premiers. Cinq ans plutôt, ils auraient en effet péri , comme agens de Pitt et de Cobourg.

Trois constitutions à l'oubli condamnées.

Celle de 91, celle de 93, et celle de 95.

Où la mort s'apprêtait à rattacher sa faulx.

On décrétait *la loi des ôtages*, on voulait à tout prix déclarer *la patrie en danger*

Le Destin a depuis dissipé vos alarmes.

Quand on a déroulé une semblable série d'attentats, quand on a fait passer sous ses yeux tant de petits tyrans bien féroces, biens vils , bien stupides, qu'il est doux d'arrêter sa pensée sur un héros, sur un citoyen comme Bonaparte ! sur un homme qui a deux fois conquis l'Italie, et contraint deux fois la superbe Autriche a poser les armes ! sur un homme qui a dompté jusqu'aux élémens, qui s'est joué des flottes anglaises, qui a conquis Malte, qui a délivré l'Egypte, qui, de retour dans nos murs a changé la face de la France, qui a étouffé l'anarchie, comme Hercule étouffa l'hydre de Lerne, qui a pacifié, par sa sagesse , les nations de l'Ouest, qui a gagné, par sa modération , tous les mécontens raisonnables , qui a ramené l'ordre, le calme dans l'intérieur, et a rendu notre alliance précieuse aux premiers cabinets de l'Europe !

FIN DES NOTES DE LA DERNIÈRE SATIRE.

www.ingramcontent.com/pod-product-compliance
Ingram Content Group UK Ltd.
Pitfield, Milton Keynes, MK11 3LW, UK
UKHW020019100726
13658UKWH00002B/976